1995

Últimas noticias del paraíso

Últimas noticias del paraíso

Clara Sánchez

ÚLTIMAS NOTICIAS DEL PARAÍSO
D.R. © Clara Sánchez, 2000

ALFAGUARA

© De la edición española:
   2000, Grupo Santillana de Ediciones, S. A.
   Torrelaguna, 60. 28043 Madrid
   Teléfono 91 744 90 60
   Telefax 91 744 92 24
   www.alfaguara.com

D.

   Torrelaguna 60-28043, Madrid, España.
 • Santillana S. A.
   Av. San Felipe 731, Lima, Perú.
 • Editorial Santillana S. A.
   Av. Rómulo Gallegos, Edif. Zulia 1er. piso
   Boleita Nte., 1071, Caracas, Venezuela.
 • Editorial Santillana Inc.
   P.O. Box 19-5462 Hato Rey, 00919, San Juan, Puerto Rico.
 • Santillana Publishing Company Inc.
   2043 N. W. 87 th Avenue, 33172, Miami, Fl., E. U. A.
 • Ediciones Santillana S. A. (ROU)
   Constitución 1889, 11800, Montevideo, Uruguay.
 • Aguilar, Altea, Taurus, Alfaguara, S. A.
   Beazley 3860, 1437, Buenos Aires, Argentina.
 • Aguilar Chilena de Ediciones Ltda.
   Dr. Aníbal Ariztía 1444, Providencia, Santiago de Chile.
 • Santillana de Costa Rica, S. A.
   La Uraca, 100 mts. Oeste de Migración y Extranjería, San José, Costa Rica.

Primera edición en Alfaguara: mayo de 2000

ISBN: 968-19-0711-6

D. R. © Diseño: Proyecto de Enric Satué
D. R. © Cubierta: Luis Pita

Impreso en México

I

«¿Qué es el hombre para que de él te acuerdes?»

Salmos, 8

Vivíamos relativamente cerca del Híper y un poco más lejos del Zoco Minerva, de dos plantas y techo abovedado de cristal donde me había montado mucho de pequeño en un Alfa Romeo que funcionaba con veinte duros. Nuestra casa era un chalet de dos plantas con un jardín extremadamente cuidado en la época de mi infancia y algo más salvaje en la adolescencia. Era el número dieciséis de la calle Rembrandt, que hacía un poco pendiente hasta la parada del autobús, allá abajo, al otro lado de la carretera, de donde arrancaba un enorme solar en venta que rodeaba la solitaria y pequeña marquesina roja. A veces las lunas de la marquesina, que servían para proteger del viento y la lluvia, aparecían hechas añicos, regando toda la acera de piedrecillas de cristal. Así que los viajeros se refugiaban echando pestes entre los inclementes hierros sin protección hasta que llegaba el 77. Detrás de los pobres viajeros y detrás del enorme solar se recortaba la sierra, nevada en invierno y azulada en verano. Al principio, hasta que los llanos y las pequeñas colinas no se llenaron de chalets, casi todo era un gran solar donde el verano era verano y el invierno era invierno. En verano los pájaros tenían que atravesar con gran esfuerzo la densa neblina

de calor, y durante el frío el carbón brillaba como
el hielo. Se habían puesto de moda la leña y el carbón, las estufas y las chimeneas, que se viera arder
lo que calentaba. En las negras tardes de diciem-
bre el fuego alumbraba nuestro salón y junto a él
nos refugiábamos en medio de la intemperie que
se propagaba en oleadas furiosas desde la sierra y
el cielo, hasta que mi madre me ponía el anorak
y los guantes y me llevaba al Zoco Minerva, y allí
se tomaba una cerveza mirando cómo yo conducía el Alfa Romeo.

La mayoría de las familias no estaba dispuesta a soportar la humillación de esperar el 77 y
usaba el coche o dos coches o un coche y una moto.
Las bicis se solían utilizar hasta los quince años, no
más. En mi misma calle vivían varios compañeros
con los que fui a la guardería, luego al colegio y más
tarde al instituto. Los padres más despistados no
nos reconocían en cuanto dábamos el estirón y nos
dejábamos el pelo largo. Mi padre, que había parado muy poco en casa mientras yo crecía, era el
que menos reconocía a mis amigos. Y a veces se
me quedaba observando intrigado como si tampoco me reconociera a mí. Joder, decía, cómo pasa el
tiempo.

Hasta los trece, dos años antes de abandonar la bici, mi madre formó parte de un grupo de
mujeres que se dedicaba horas y horas a comprar
en el Híper, a llevarnos al colegio por la mañana y
por la tarde a clase de inglés y a karate, a preparar
fiestas infantiles, a intervenir en las APAS, a hacer
los deberes con nosotros y a esperarnos cuando,

llegada la edad, decidimos marcharnos a divertirnos a Madrid y el bus se retrasaba. Hasta que un día la oí decir que había perdido su juventud. He perdido mi juventud, dijo sin dirigirse a nadie en particular, como hablando sola, y a partir de ese momento empezó a desentenderse de mí, del cuidado del jardín, de mis estudios, de las comidas, de la ropa, e incluso de mi padre, al que ya no esperaba levantada al regreso de sus continuos viajes. Había decidido ocuparse sólo de ella.

Así que yo tenía mi llave, mi dinero para comprarme, si tenía hambre, una porción de pizza o una hamburguesa y una Coca-Cola, y era libre. No ocurría nada si en lugar de ir al instituto me pasaba la mañana en el Híper o en el polideportivo viendo lo mal que jugaban al tenis los vecinos que no trabajaban. Era intrigante ver cómo se podía vivir sin trabajar. Tenían buenas raquetas, zapatillas Nike y nos daban una propina a los que nos ofrecíamos a recogerles las pelotas. Qué pasa chaval, ¿no has ido al instituto? Y yo me callaba por no decirle: Y tú qué, ¿no vas a trabajar?

El Híper también estaba lleno de tíos merodeando en plena mañana por las zonas de jardinería y de ferretería. Cuatro horas para comprar, por ejemplo, tres tornillos y una manga de riego. También el área del bricolaje era muy transitada porque siempre había que poner unas estanterías en el garaje. En la cafetería algunos se tomaban doscientos cafés leyendo el periódico y arreglando el mundo en pantalón corto si era verano y en chándal si era invierno. Todos nos conocíamos de vista, pero sólo nos saludábamos si habíamos hablado alguna vez. Alien siempre me hacía una seña con la mano en cuanto me veía entrar en la cafetería. Me acercaba. ¿Qué pasa, hoy tampoco has ido al instituto? Yo me mordía la lengua y no decía nada. Podría haber puesto una excusa como que había faltado el profesor, pero para qué, él no era mi padre.

Me daba la impresión de que Alien debía de vivir solo cerca del bosque de pinos porque a veces lo había visto por allí lanzándole un palo a un pastor alemán. Tendría unos cincuenta años y había residido mucho tiempo en Canarias cerca del Teide. Llevaba el pelo recogido en una coleta, que le llegaba a los hombros, y varios amuletos colgando sobre el vello del pecho. También los brazos los tenía muy peludos, casi no se le veía la piel. La mirada era penetrante y la voz profunda, y en aquella época siempre estaba leyendo libros de Asimov y otros relacionados con el universo.

Lo conocí por unas charlas que había dado sobre el fenómeno ovni, por eso comenzamos a llamarlo Alien. De cara al curso en el Centro Cultural se habían programado muchas actividades, desde «La decoración con flores secas» a «La España de Felipe II». Entre ellas había un ciclo de conferencias con un título muy pensado: «Otros mundos de vida». Traté de convencer a Eduardo para que nos matriculásemos, pero Edu era un racionalista puro y lo que a mí más me divertía a él le parecía descerebrado.

Me entusiasmó Alien, creía en lo que decía, mucho más que cualquiera de mis profesores. Después de oírle, a sus adeptos nos hubiera gustado que fuera verdad. Me habría encantado que en el solar situado en medio de la urbanización hubiera descendido una nave espacial llena de extraterrestres, sólo para darle la razón a Alien y para cerrarles el pico a los que le acusaban de que era un fraude. Total porque no podía demostrarlo. Entonces la Iglesia era un fraude y todas las religiones y también lo que uno piensa sobre la vida, puesto que luego la vida nunca es como se piensa.

Su rollo era científico. Abominaba de la astrología, horóscopos, fenómenos sobrenaturales, magia y otras zarandajas por el estilo. Hablaba del espacio-tiempo, de los agujeros negros, de puertas interestelares, de tecnología asombrosa, de nuevas formas de vida, de alimentación y de pensamiento. Tenía tanta información, toda ella tan exótica, que muchos le acompañaban andando y hablando hasta su casa. Para él era una obviedad que Jesucristo había sido extraterrestre, y que la Virgen María había sido fecundada in vitro. Puestos a creer ¿no nos parecía esto más creíble que la variante religiosa, que iba contra natura? Pues sí, me hizo caer en la cuenta de que la capacidad del ser humano para crear una mentira es prodigiosa.

No nos engañemos, había dicho Alien, el camino de la humanidad está dirigido a convertir la mentira en verdad.

Estuve un buen rato dándole vueltas a esta idea y llegué a la conclusión de que tenía razón. Cada uno que piense lo que quiera.

Cuando el ciclo concluyó, Alien desapareció del Centro Cultural y reapareció en la cafetería del Híper, donde teníamos la oportunidad de seguir escuchándole. Una mañana nos dio una estupenda charla a los que nos concentrábamos alrededor de su mesa sobre la teoría de las supercuerdas.

Este tío se lo inventa todo, dijo Eduardo al salir.

Se encendió un cigarrillo porque fumaba sin parar y lo cogió entre los dedos llenos de granos ensangrentados. Estábamos en mayo y le picaban mucho las manos por la cosa de la alergia. Algunos días ni siquiera podía salir a la calle. Las plantas brotaban con una fuerza increíble bajo la gran pureza de un cielo sin nubes. La luz también era pura, tanto que hasta los chalets del cerro, los más remotos, se divisaban con gran perfección, la sierra como si estuviese a cincuenta metros e incluso la antigua torre del telégrafo adonde únicamente llegaban los más esforzados con la bici. El sol rebotaba en las grandes cristaleras del Híper y saltaba al espacio como enormes espejos dorados.

Me pregunté de qué viviría Alien ahora, tal vez siguiese hablando en otros centros culturales, pero ¿cuándo?, si siempre estaba aquí. Decía que estaba escribiendo un gran libro. Se lo comenté a Eduardo puesto que él quería ser escritor. Y Eduardo dijo: ¿Aún no está escrito y ya sabe que es un gran libro? ¿Has oído a alguien decir que esté escribiendo un libro nimio? Dice que está escribiendo un gran libro y tú te lo crees. Te crees lo que dice ese ignorante.

Estaba celoso porque Alien pretendía ser colega suyo, aunque ninguno de los dos hubiera escrito todavía nada.

No sé chico, le dije, siempre está consultando libros.

Me miró de frente y se pasó la mano por el pelo, que le llegaba a los hombros. Tenía los ojos enrojecidos. La primavera lo atacaba por todos los frentes.

No te estarás riendo de mí ¿verdad?

No lo sé Edu. Bueno, no quiero decir eso, lo que quiero decir es que eres tan serio que parece que me río de ti.

Está loco, dijo.

Eduardo vivía en el cerro en un chalet mucho más grande que el mío y con piscina. Yo tenía que ir a una comunal porque mi madre desde muy pronto se negó a tener que estar pendiente del cloro y de tener que retirar las hojas y las moscas muertas de la superficie. Tampoco accedió a que tuviésemos perro ni gato. Edu era mi mejor amigo y de vez en cuando me pasaba el día en su casa, pero no muy a menudo porque me gustaba estar a mi aire y puesto que no veía casi a mi madre tampoco quería ver a las de los amigos.

Tenía un perro que se llamaba *Hugo*. Su madre se llamaba Marina y no entraba dentro de la idea general de madre, al menos de madre tipo de la urbanización. No hablaba alto, ni regañaba a sus hijos a gritos, ni tenía resistencia para tirarse una hora charlando de pie derecho en la calle con alguna vecina. Tanto en la puerta del colegio como entre los puestos de fruta del Híper resultaba fuera de lugar o de tiempo. Parecía haber venido de uno de esos lugares lejanos de los cuentos en que siempre hay una princesa o un hada con los ojos verdes, la piel muy blanca y el pelo rubio, largo y ondulado con una corona de perlas y brillantes encima. Era famosa por su alergia al sol, al frío, a la primavera, a la leche y al chocolate, y por su gran fragilidad. Siempre, en cualquier sitio, iba envuelta en chales para protegerse de las corrientes de aire y quizá de todo lo que le era adverso. Daba la sensación de que llegado el momento en lugar de morirse se desintegraría en el aire.

Si se pensaba bien, era sorprendente que hubiera podido tener hijos de carne y hueso. Mi madre la llamaba la señorona porque tenía una interna uniformada y nosotros nada más que una asistenta por horas.

A Eduardo su madre le cargaba por su gran parecido con ella. También era blanco, rubio y alérgico, y guapo hasta hacer ruborizar porque parecía una chica guapa, pero en chico, lo que resultaba muy confuso. Así que si se la encontraba por ahí se hacía el distraído. No soportaba verla avanzar hacia la peña de amigos con su chal y sus andares de bailarina que se pasa la vida en el aire. Se avergonzaba de ella. Más o menos como yo de la mía. Era muy raro que alguno de nosotros, me refiero al colegio e instituto en bloque, quisiera mostrar voluntariamente a sus progenitores o ser visto junto a ellos.

Tanto al lado de la verja como en la puerta de entrada de la casa de Edu, había una placa que nunca dejó de estar dorada y brillante y en la que se leía: «Roberto Alfaro. Veterinario». Así que a Roberto, el padre de Edu, lo llamábamos el Veterinario, y a él y a Tania, su hermana, los hijos del Veterinario y a Marina, la Veterinaria, y cuando nos referíamos a toda la familia en conjunto, los del Veterinario. Aunque trabajaba en una clínica en Madrid, habían acondicionado el garaje como consulta y atendía a la clientela de la urbanización algunas tardes y los fines de semana. Los animales más asiduos eran perros y gatos, pero también pude ver algún loro, pájaros pequeños de todo tipo en sus jaulas y hasta un mono.

De niño el interior de la casa me parecía diferente al del resto de los chalets, sobre todo por aquel barullo de ladridos y maullidos que llegaban de la consulta, y por lo sombría que estaba con todas las persianas a medio bajar y por un largo pasillo que la cruzaba desde el vestíbulo hasta la cocina dejando a los lados puertas fantasmales y cierta confusa claridad. Alguna que otra vez se veía entrar y salir al Veterinario con una bata blanca y la musculatura de los brazos y la espalda pronunciándose bajo la tela. También tenía grandes manos y firmes mandíbulas, y en general todo su cuerpo era tan fuerte que hubiera podido cargar enormes lanzas y pesadas armaduras.

Pero sin lugar a dudas lo que de verdad me gustaba era ver a Tania lavar a *Hugo* con la manguera. Se le volcaba sobre los ojos una buena mata de pelo castaño y brillante que trataba de apartar con la mano mojada, dejando al descubierto los labios rellenos de rojo, mientras que alrededor las rosas reventaban el aire. Era dos años mayor que nosotros, de modo que cuando tuve ocho ella ya tenía diez, y a los dieciséis míos, ella dieciocho, la edad de marcharse a la universidad.

Al fondo de nuestras vidas estaban las montañas y más cerca lo que fueron sembrados, cubiertos día a día por vastas extensiones de chalets adosados, pareados y aislados con o sin piscina y con césped en los jardines, tanto en los grandes como en los pequeños. Los pinares. Los olivos. Y cuando nos alejábamos con las bicis hacia los búnkers de la Guerra Civil, el pequeño y sucio rebaño de ovejas que lentamente iba y que lentamente venía. El rebaño quieto en medio del campo como los árboles, las florecillas y las nubes en el cielo. Las graveras y una laguna ennegrecida por arbustos de un verde anormalmente oscuro. La fábrica de yeso al otro lado de la autopista.

El lago era raro y feo. Por eso íbamos allí, sobre todo al anochecer, para sentir un poco de miedo. Y la mayoría de las veces por insistencia de Eduardo. Decía que iba a ser escritor y que estaba tomando notas. A mí me impresionaba que todo aquello que hacíamos y que veíamos le fuese a servir para algo. Seguramente esto era lo que le hacía ser como era. Sabía que no era del montón. Y más de una vez me quedé con ganas de preguntarle cómo se sabe algo así, pero precisamente es algo que no se debe preguntar.

En cuanto terminamos la Primaria, los hijos del Veterinario fueron llevados a un colegio privado. Los recogía muy temprano un bus del colegio en la misma parada del 77 y los devolvía por la tarde vestidos de gris y azul marino, o sea, falda tableada gris y medias hasta la rodilla y jersey y abrigo azules para ella, y lo mismo para Edu pero con pantalones. También entonces sentí algo así como si yo no pintase nada en el mundo exterior, o sea, fuera de la urbanización, lo que era dramático porque la urbanización ya era el exterior. Sin embargo, daba la impresión de que los hijos del Veterinario fuesen los elegidos para entrar y salir del corazón del mundo.

Por esta época mi madre empezó a frecuentar un gimnasio, el Gym-Jazz, donde pasó del aerobic a las pesas y donde, sobre todo, se sometía a largas sesiones de sauna. Acabó descuidando por completo mi formación. En el fondo sólo le interesaban sus nuevos músculos y su nueva piel cien mil veces purificada. Se me quedaba mirando en las raras ocasiones en que me tomaba la lección como si yo fuese uno de los extraterrestres de los que hablaba Alien. Cuando coincidía con la Veterinaria en el gimnasio siempre se refería a ella con desprecio, además de por ser una señorona y no tener que dar ni golpe, por lo débil que era. Qué delgaducha es. Qué poca fuerza tiene. No aguanta la sauna. Mi madre daba miedo, yo no acertaba a ver el límite de todo aquello, no quería que se convirtiera en una de esas que salen en televisión con un biquini mínimo sobre espantosos músculos llenos de venas.

Mi padre no se enteraba de nada. Nuestra casa era una escala entre viaje y viaje y nunca fue a ver a mis profesores ni llegó a conocer bien a los vecinos, los confundía unos con otros. Formaba parte del reducido grupo de personas que vivía allí, pero a los que no se veía nunca, frente a los que se veía constantemente. Eso sí, nunca tuve que soportar su presencia en los partidos de fútbol ni en las entregas de trofeos en que todos los niños salíamos con una copa en la mano y una camiseta. No tuve que poner cara de circunstancias para decirles a los amigos que debía marcharme con mi padre mientras ellos se quedaban juntos. Agradecía mucho tener padre y que ese padre no fuese una carga para mí.

Tampoco la fue para mi madre, que en los últimos años de su dedicación a la gimnasia tuvo un romance con su monitor, un chico bastante más joven que ella que todas las mañanas y todas las tardes daba una vuelta a la urbanización corriendo. Estaba tan entrenado que podía ir hablando tranquilamente y al mismo tiempo al trote la hora y media que duraba el recorrido. Al divisarlo a lo lejos o de cerca, nadie podía dejar de admirar sus piernas, ni siquiera yo, y aunque sus intereses parecían centrarse casi exclusivamente en correr y correr, había que reconocer que en nuestra urbanización posiblemente teníamos a Mister Piernas. Mi madre se irritaba con un punto de orgullo si le decía: Te ha llamado Mister Piernas. O: ¿Qué tal, os aprieta mucho Mister Piernas?

En invierno también corría exhibiéndolas en pantalón corto. Pero para andar o simplemente estar parado hablando con las alumnas del gimnasio que se iba encontrando por la calle, llevaba un chándal azul celeste con el nombre de Gym-Jazz. Un día me dijo mientras mi madre y él se hablaban fingiendo una bochornosa naturalidad: ¿Qué pasa, chico, no te animas a ir a Gym?

No, gracias, le contesté un tanto asqueado por aquellas miradas que se les escapaban a uno y a otro delante de un chico de catorce años cargado con una mochila que debía de pesar unos doscientos kilos. Lo bonito de las series de televisión americanas era que en los colegios había taquillas para guardar los libros sin tener que acarrearlos diariamente y que se conducía muy pronto, que a mi edad ya iban al colegio en un cochazo.

En aquella confusa época de mi vida chupé mucha tele, series a mediodía, por la tarde y por la noche. Me daban la vida del mismo modo que a mi madre se la daban las pesas, la sauna e imagino que el monitor. Como estaba tanto en casa, ella podía pasarse el día fuera con toda tranquilidad.

Había una que trataba de un germen que había venido de otro planeta a través del espacio, en la cola de un cometa o algo así, y aquí, en una zona pantanosa junto al río Mississippi, había logrado desarrollarse. Lo llamábamos el Tarzán del Espacio. Los que teníamos la suerte de no quedarnos al comedor y poder ver la tele al mediodía no

hablábamos de otra cosa, y los que nos escucha-
ban se morían de envidia, lo que me gustaba casi
tanto como ver la serie. Llegué a pensar que en
aquel lugar todos, excepto mi madre y el monitor,
estábamos enganchados a la tele. Los más pequeños, a los dibujos animados. Nosotros, los de mi
edad, a tres o cuatro series diarias por lo menos.
Las madres, a las que ponían nada más comer. Y los
padres, al fútbol. Hasta que ese mismo verano en
un campamento itinerante por el Alto Tajo, me
curé.

Descendíamos por el río diariamente en
piraguas y en cada tramo recorrido teníamos que
plantar el campamento por la tarde y levantarlo por
la mañana. Eduardo tuvo quemaduras de segundo
grado en los hombros todo el tiempo, y aunque
siempre estaba protegido por camisetas, gorra con
enorme visera y cremas superprotectoras, la camiseta se le mojaba sobre las quemaduras y sufría lo
indecible. Por supuesto llevaba pantalones largos
de algodón para que no se le abrasasen los del-
gados muslos. Daba pena verlo. Mientras los demás nos bañábamos en las pozas y nos tirábamos
desde los puentes, él se refugiaba bajo un árbol.
Sólo se ponía bañador o pantalón corto a la caída
de la tarde cuando nos reuníamos para la cena y
posteriores juegos. Los primeros días, cuando su
situación se hizo verdaderamente dramática, los or-
ganizadores le sugirieron hacer el recorrido en lugar de por el río en uno de los Land-Rover en que
transportaban las provisiones. Le resultó muy dolorosa esta propuesta. De hecho, no ha vuelto a ir

de campamento. Sin embargo, por la noche, la luz de
la hoguera sólo lo iluminaba a él. Un auténtico án-
gel de las tinieblas entre las sombras de la noche.

Cuando Tania se matriculó en la universidad, hacía mucho que la televisión había dejado de interesarme. Iba de acá para allá con los walkman puestos escuchando música sin parar y pensando en ella, seguramente porque no tenía otra cosa en que pensar. Digamos que no tenía la cabeza llena de ideas, la tenía más bien llena de las cosas que veía y que escuchaba, o sea, de cosas que en el fondo no eran mías. Debía de ser porque no estaba acostumbrado a poseer nada mío. Me pasaba el día así: Déjame el coche. Dame dinero. Cómprame unas deportivas. Necesito un boli. ¿Puedo volver a las tres? Ni siquiera mi tiempo era mío. Me convertí en un pedigüeño. Con las chicas seguía en el mismo plan: Dame un beso. Déjame tocarte. Por favor, vente conmigo al concierto. ¿Quieres que salgamos juntos el sábado? Si la chica accedía, a continuación tenía que pedir dinero y el coche, que solía conducir por la urbanización sin carné, y en ocasiones una camisa a algún amigo.

A la asistenta le tenía que pedir que me cambiara las sábanas de la cama y que me planchara los pantalones pitillo, que según ella no debían plancharse para no darlos de sí. Si lo pensaba bien, hasta al quiosquero le pedía el periódico y luego le

daba las gracias. Incluso lo que pagaba debía pedir-
lo y agradecerlo. Empecé a romper con esa costumbre y a decir: Una lata de cerveza bien fría, sin
gracias al final. En este sentido Mister Piernas era
un asco: ¿Puedo hablar con tu mamá? Yo le contestaba con un gruñido porque a mí el monitor no
me daba nada, y él lo sabía. Sabía que yo no le blo-
queaba el camino hacia mi madre sin ninguna com-
pensación por su parte. Un día le contesté: No.

¿Cómo?, dijo él extrañado y cauteloso, ¿no
está en casa?

Sí está, pero se está duchando, y colgué.

Ese día mi madre daba vueltas por allí echando ojeadas al teléfono. Llegó a ponerse incluso nerviosa, hasta que decidió llamar ella. Cuando colgó
me miró con ira y temor.

Le dije: Voy a coger el coche para ir a los
Multicines.

¿Te das cuenta de que no tienes carné?,
dijo ella.

No tengo ganas de esperar el bus.

La situación era ésta: dejaba a mi madre sin
coche para ir a casa de Mister Piernas, que vivía en
el cerro, adonde únicamente se podía ir en coche
porque el bus que subía hasta aquellos parajes
pasaba cada hora o así. Él por supuesto solía hacer
el trayecto corriendo. Mi padre llegaba esa misma
noche, y mi madre querría despedirse personal-
mente de su monitor hasta que de nuevo fuese
libre.

Al materializarse mi padre cada equis tiempo en nuestra casa, mi madre tenía que hacer co-

mo si en su vida no ocurriera absolutamente nada mientras él estaba ausente. Cenábamos viendo la televisión metidos en nuestras respectivas ropas de andar por casa, y mi padre nos contaba alguna anécdota que le había pasado en el avión o en el despacho de algún cliente. Se quejaba de que nunca le llamásemos al móvil, y nosotros nos encogíamos de hombros. ¿Para qué?, decía mi madre, ¿para molestarte con alguna tontería cuando estés en una reunión importante? Y mi padre sonreía. Un día dijo que en unos años pensaba retirarse y dedicarse por entero a nosotros, y eso nos inquietó a mi madre y a mí. Era como si la casa de repente se hubiera vuelto demasiado pequeña para tres. No sé, me parecía que las casas no estaban hechas para los hombres, tan sólo para las mujeres y los hijos hasta que madurábamos lo suficiente como para no estar en ellas. Eran demasiado femeninas con tanto detalle y visillos y jabones de olores y flores y manteles bordados y cristalería. A un hombre le iba lo impersonal: habitaciones de hoteles y ropa que desaparecía sucia y aparecía limpia y planchada.

Se acabó la esclavitud, en cuanto mi padre se marchó de nuevo con todo el dolor de su corazón según decía. Y se terminaron las comidas y cenas formales y todo volvió a la normalidad. Tuve entonces la sensación de que algo había cambiado.

Una mañana de otoño en que corría un aire fresco, que agitaba las ramas de los árboles, y en que olía intensamente a tierra mojada aunque aún no estuviera lloviendo, Mister Piernas salió de entre los álamos y arbustos que bordeaban el camino que conducía al Zoco Minerva. Yo iba distraído con *Hugo,* el perro de los Veterinarios, que Eduardo me dejaba pasear a cambio de algún favor. A través de él le hablaba a Tania: Amor mío. Cielo mío. Mírame *Hugo,* cuando veas a tu dueña le dices que la quiero. De vez en cuando le tiraba un palito como hacía Alien con su pastor alemán. A *Hugo* le gustaba mucho más estar conmigo que con Eduardo. Se volvía loco en cuanto me veía. En realidad Eduardo estaba harto de animales.

Hola, me dijo Mister Piernas mientras seguía corriendo hacia atrás delante de mí.

¿Qué hay? Y le tiré un palo a *Hugo.*

No sabía que tuvieras perro, y al instante comprendió que tal vez había metido la pata. Y yo a mi vez me pregunté qué le contaría mi madre de mí.

Pues ya ves.

¿Es de raza?

Está muy mezclado. Nos lo encontramos hace unos años en una cuneta malherido. Los dueños lo habían abandonado y un coche lo había atropellado.

¡Hijos de puta!, dijo a punto de llorar.

Llamé a *Hugo* y busqué entre el pelo una cicatriz que una vez Eduardo me había enseñado.

¿Ves? Fue una salvajada.

No sabía cómo expresar toda su ira y emitió un gruñido. Dejó de saltar y se sentó en el bordillo. Los gemelos de las piernas le brillaban entre el vello marrón.

No puedo con esto. No trago con que se maltrate a los niños, a los animales ni a las mujeres.

¿Y a otro hombre?, pregunté.

Hablo de seres indefensos.

Oye, dijo, tengo que seguir corriendo, si no me enfrío, pero si algún día me necesitas para algo quiero que cuentes conmigo. Puedes encontrarme en Gym.

Ya sabes, el Gym, continuó diciendo mientras sus potentes pantorrillas lo alejaban hacia los confines de la urbanización.

Se había hecho el encontradizo conmigo, me quería comprar, ¿con qué me quería comprar? Sentía un cierto contento que me hacía sonreír y decirle cosas a *Hugo*. Estrellas negras y brillantes. Boca de sol. Pelo de tormenta. Acuérdate de decírselo, *Huguito,* guapo. Por allí había otros dueños, seguramente verdaderos, que iban y venían por la vereda con pasos cortos y pacientes, escrutando alternativamente el suelo y el cielo, mirando a la lontananza con las manos apoyadas en las caderas y la correa del can colgando de una de ellas. Los comentarios que más se oían eran: «No hace nada. Sólo quiere jugar», cuando a alguno le daba por salir disparado detrás de alguien. Éramos responsables de nuestros respectivos perros y no nos mezclábamos con los demás, porque aunque algunos se conocieran de verse todos los días e incluso fuesen vecinos o amigos, en esta vereda o en el solar o campo a través, cada uno estaba solo con sus pensamientos y su correa.

Si no fuera por la sensiblera de mi familia, te regalaba el chucho, me había dicho Eduardo, y yo pensé que no quería tener un perro mío sino de ellos, un perro acariciado y besuqueado y lavado con la manguera por Tania. ¿Para qué querría yo un perro? Ya se me había pasado la edad. En cuanto a los catorce empezamos a irnos a Madrid a todas horas, comprendí que un perro habría sido un engorro. Mi madre no tenía tiempo para ocuparse de él ni yo tampoco. Se habría muerto de hambre y soledad. Hay cariños que únicamente funcionan de visita.

Madrid era la tentación. Cines, discotecas, conciertos, concentraciones los sábados en los bulevares. No pensábamos nada más que en la ropa. De pronto caí en la cuenta de que necesitaba de todo, desde calzoncillos hasta reloj, pasando por la chupa, las zapatillas y un traje para Nochevieja.

Esta vez fui yo quien le salió al paso a Mister Piernas. Lo vi descendiendo por el paseo de álamos junto al autobús. Iba de riguroso blanco con una cinta en la frente en que ponía Gym-Jazz, idéntica a varias que tenía mi madre. Eran las cinco de una tarde de noviembre. Enseguida se hacía de noche. En los exteriores del Híper los barrenderos habían acumulado las hojas de los árboles que lo rodeaban en dos grandes montones donde se revolcaban los chiquillos y los perros. Los jardines, los paseos, las aceras se habían cubierto de melancolía. El aire era puro, entraba en los pulmones como un vaso de agua fresca. Las calles estaban más vacías que nunca porque todo el mundo había empezado algún curso de algo. Por el contrario, las instalaciones del polideportivo, incluida la cafetería, estaban a rebosar de gente vestida de tenista, y la piscina, cubierta de preciosos bañadores y gafas aerodinámicas. El Gym todavía no había cerrado la matrícula, por eso Mister Piernas corría más despacio de lo habitual con el anuncio en la frente.

Me puse a correr cuando estuve más o menos a su altura.

¡Eh!, grité.

Se giró hacia mí sin dejar de dar saltitos.

Veo que te has decidido. Me alegro.

Es más duro de lo que pensaba. Estoy probando.

Continuamos descendiendo uno junto al otro. Y el cabrón apretó el trote.

Como te decía es cuestión de hábito y disciplina. Si hoy aguantas esto, mañana aguantarás más.

¿Y aguantar es bueno para la salud?, pregunté.

¡Qué me dices, muchacho! El cuerpo se hace resistente, se convierte en una roca.

Pero ¿para qué? Tampoco es que tengamos que levantar camiones con la espalda. Con una fuerza normal uno se maneja bastante bien. No creo que haya tantas ocasiones de utilizar la musculatura.

No se trata sólo de fuerza. Hay otras cosas.

¿Otras cosas?

Sí, otras cosas.

¿Cómo cuáles?

Las tías se vuelven locas ¿comprendes?

¡Ah, ya! Entonces le daremos un poco a las piernas.

Pero lo haces mal, por eso te ahogas, tío.
Hay que llevar los brazos así. Y aunque parezca accesorio es conveniente un buen equipo. ¡Qué zapatillas, Dios! Así te van a salir ampollas, te vas a matar. ¿Es que no tienes otras?

Yo, que me había puesto unas playeras medio rotas para la ocasión, dije: No.

No puede ser que vayas con eso en los pies.

Ya lo sé, pero no tengo otras. Si conocieras bien a mi madre. Le parece completamente superfluo que me vista decentemente.

Bueno. Buscaremos una solución.

A los pocos días recibí a través de mi madre un paquete con unas deportivas Nike, una cinta para la frente del Gym-Jazz y una sudadera O'Neill. Me preguntó con una voz que se le quebraba en algunos puntos qué me mandaba su monitor, como si no estuviera al tanto. Se lo enseñé.

Dijo: Parece que le caes muy bien.

Quiere que me ponga en forma.

Empezó a venir a casa a buscarme para correr. Mi madre sacaba el tetra brik de dos litros de Solán de Cabras que tenía guardado para él en la nevera.

¡Qué rica! Decía invariablemente él. Y se miraban un instante.

Nos levantábamos y nos íbamos hacia la puerta dando saltitos de precalentamiento. Llegué a pensar que no me vendría mal ponerme como una roca, como él decía, pero sin perder nunca de vista mis verdaderos propósitos. Hablaba sin parar mientras avanzábamos hacia un horizonte imposible.

Yo enloquecido por el cansancio casi no podía escucharle. Él solía señalar al frente con el dedo para recordarme que el primer gran objetivo que me había trazado era poder tomarnos dos botellas de agua mineral en su casa, o sea, coronar el cerro, o sea, una hazaña bestial. Tardé quince días, y una vez conseguido, con una enorme satisfacción en su rostro, nos bebimos el agua.

Las tengo puestas a enfriar desde que nos encontramos la primera vez. Enseguida supe que eras uno de los míos.

Me tumbé en el sofá. No podía más. Creo que mojé la tapicería de sudor. Cuando me recuperé observé que tenía un salón muy masculino, o sea, asqueroso, y que el resto de la casa debía de estar por el estilo, así que me alegré de tener que beber directamente de la botella y no de un vaso. Imaginé que allí mi madre sería otra persona que no se fijase en los detalles en que ella normalmente se fijaba. Sólo que cuando estaba con el monitor no se encontraba en una situación normal, y todo le parecería bien.

Le parecería de maravilla ver los calcetines en el suelo, los cristales sucios, el jardín con hierbajos y cardos borriqueros. Le parecería romántico. Quizá fuese parte del atractivo entrar en el ámbito del desorden y el descuido, donde puede que ella también se volviese descuidada. De hecho, vi en un rincón un par de chanclas del número de mi madre. Debía de ponérselas para estar cómoda. Dejé vagar la mirada por el inhóspito jardín para no encontrar nada más de mi madre por el llamado salón. No quería ver evidencias de la presencia de mi madre en este mismo sitio en que estaba yo.

¿Te ocurre algo?, preguntó.

No. Nada.

Venga, alguna chica.

Él siempre trataba de hablar del gran tema de los hombres, y a mí me producía zozobra que un día nos metiésemos en confidencias. Me daba horror llegar a enterarme de algo que pudiesen hacer mi madre y él.

No van por ahí los tiros.

Entonces...

Se trata de la Nochevieja. Vamos a hacer una gran fiesta en el Zoco Minerva.

Se me quedó mirando con expresión de estar perdido, pero al mismo tiempo de saber remotamente que le estaba pidiendo algo. Por eso decidí ser franco, y dije con mirada y voz francas:

No tengo traje para ir.

¿No tienes ningún traje?

Sí, tengo trajes, pero pasados de moda, nada decente.

Ya, dijo. Es un problema.

Claro.

Bueno, ¿quieres que bajemos corriendo o prefieres esperar el autobús?

El bus pasó por el nuevo centro comercial que estaban construyendo. Se iba a llamar Apolo para seguir con la mitología, e iba a tener tres alturas. Según descendía por el cerro, se veían las piscinas de los chalets cubiertas de hojas, algunas estaban tapadas por una lona. Grandes hileras de adosados rojos descendían suavemente a la avenida principal. Un cielo de tormenta avanzaba sobre nosotros hacia las grandes explanadas de tejados de pizarra. Al bajar del bus empezó a llover, así que ya que estaba entrenado decidí ir corriendo a casa.

Mi madre estaba en la bicicleta estática viendo una película.

Está lloviendo, dije.

A ver si llueve de verdad, con fuerza, respondió.

¿Ha llamado papá?, pregunté por preguntar.

Sí, se va a quedar el fin de semana.

No dijimos más. Ella me echó una ojeada como si ya supiese lo del traje y calculase la talla.

Sí, somos muy distintos, dijo Edu, y sólo logró tambalearme cuando intentó derribarme al suelo emulando los juegos de hacía ya unos cuantos años.

Cada vez éramos más distintos, sobre todo en el aspecto físico, porque yo me estaba convirtiendo en un atleta. Me sentía contento con el rumbo que iban tomando las piernas y los brazos, los hombros. Un esfuerzo que iba dirigido a Tania. Pensaba en ella cuando subía hasta el cerro y luego iba hasta el Híper y luego regresaba a casa medio mareado viendo frente a mí, allá en la explanada, un enorme sol rojo que se hundía en los tejados de pizarra. Los pulmones se me estaban desarrollando como dos niños que crecen y que necesitan sitio, y el sitio se hacía y se me ensanchaba el tórax.

Un atardecer, mientras corría, la vi por una de las ventanillas del autobús. Iba distraída. Me impresionó su seriedad. Y esta seriedad casi triste, que por un instante se había dirigido a mí sin verme, confundiéndose con las tinieblas rojas que se abrían en el cielo, no pude quitármela de la cabeza en varios días. Así que me decidí a seguir los simples y efectivos métodos de Mister Piernas y un miércoles subí en el bus hasta el cerro para no llegar sudoroso y maloliente y me situé, con mi atuendo deportivo, a la altura de la marquesina donde ella debía bajar. Pedí a todos los santos y todos los extraterrestres que llegase en uno de los autobuses. Y llegó.

Avanzaba hacia su casa mirando al suelo o al frente, pero sin ver. Era como uno de esos que regresan al hogar después del trabajo y que ni siquiera se fijan dónde está ese hogar. Podría estar en la luna, y ellos pisarían trabajosamente el polvo de la luna hacia su habitáculo sin darse cuenta de lo que estaban pisando. Corrí despacio hasta situarme a su altura.

¿Tania?

¿Cómo? Tardó en reconocerme unos segundos. ¡Ah! Eres tú.

Ya ves. Te he visto bajar del bus.

Echó una mirada a mi conjunto de sudadera con capucha y pantalones cortos negros. No me había puesto la cinta en la frente. Yo sabía que estaba imponente, pero su mirada indiferente me volvió inseguro, ya no me encontré tan imponente, porque ella me consideraba un crío y con este punto de partida era incapaz de apreciar mi cuerpo. Pensé que una mujer joven no estaba en condiciones de valorar debidamente a un chico más joven que ella.

La verdad, cambiáis de día en día.

Tú también, le dije.

No me digas, ¿en qué he podido cambiar yo?

Me parece que ya no eres tan alegre.

Ya, dijo, y se puso terriblemente seria. Ahora tengo problemas que no tenía antes.

Realmente los chicos jóvenes éramos un desastre, ella arrastraba cuesta arriba el enorme peso de una cartera llena de libros, y yo iba tan fresco a su lado. Se la quité de la mano. Dije:

Permíteme.

Y anduvimos un rato en silencio. Al llegar a su puerta presidida por la familiar placa dorada y brillante, me dijo:

No sé si te apetece entrar. No quiero interrumpir tu entrenamiento. No deberías enfriarte.

Estaba angustiosamente negativa. Le dije:

Me vendría bien un vaso de agua.

Entonces no se hable más.

Abrió con la llave la puerta negra, y me sorprendió que se conservase el mismo olor de mi niñez y la misma penumbra, y me pregunté, no en aquel instante sino más tarde cuando podía pensarlo sin la prisa de los acontecimientos, cómo seres de la misma especie que más o menos tenemos las mismas costumbres podemos impregnar los interiores de nuestras casas de olores tan diferentes, de ambientes tan distintos usando electrodomésticos y muebles parecidos.

Pasamos al salón y Tania dijo que iba a refrescarse un momento y que enseguida volvía. Me senté y me quité la sudadera. Llegaba el llanto de un perro procedente de la consulta y ladridos salteados. La interna me preguntó si quería agua, pero le dije que prefería una cerveza. De buena gana me hubiera fumado un cigarrillo.

Me la trajo la misma Tania, que se notaba que se había lavado la cara.

Me has pillado en un día especialmente malo. Acabo de romper con mi novio.

Entonces puede que no sea tan malo, dije sin saber lo que decía, pero le hizo gracia.

Creo que voy a tomarme una cerveza contigo.

Según bebía, dijo:

Me fumaría un cigarrillo, pero mi madre es alérgica al humo y aunque está en el extremo opuesto de la casa lo olería y enfermaría.

El perro chilló, y a continuación se oyó la voz del Veterinario que dijo: Ya está.

Detuvo la vista en mis rodillas con curiosidad, pero en el fondo con indiferencia. Los músculos no debían de llamarle la atención puesto que ella misma los tenía. Se le marcaban bajo la tela tirante del pantalón. De todos modos, de un tiempo acá el rostro le había adelgazado y ahora los ojos resultaban más grandes, dos abismos en su carita. No imaginaba que pudiera existir una chica que me gustase más que aquélla. Se echó el pelo con la mano hacia atrás.

Tal vez tengas razón y haya sido mejor así. Tendría que ser más fácil olvidar ¿no crees?

Sí, dije, tendríamos que tener un mayor control sobre la memoria.

Me miró muy interesada: ¿Tú crees?

Intuí que le iba el rollo de Alien: Nuestra capacidad de comprensión es increíblemente grande, pero la aplicamos en cosas pequeñas. Centramos nuestras grandes dotes de observación e interpretación en aspectos ridículos que sólo necesitan una ojeada. Es a lo que llamamos «enfrascarse». Días y días de darle vueltas a lo obvio, a lo que ha sido y no puede ser de otra manera. Nuestra mente no manda en nuestra mente. Eso es lo verdaderamente terrible. Ahí está el reto de la humanidad.

Pareces mayor de lo que eres. En serio ya has madurado. Se nota que todo lo que dices es producto de tus reflexiones. Me encanta la gente que reflexiona. Eduardo, que es el genio de la familia, se basa más en lo que oye y en lo que lee. No es como tú. Tú eres sensible.

Había anochecido. Le dije:

Si quieres, puedes fumar en el jardín. Te acompaño.

No fumé porque un deportista no debe fumar, y además no tenía la costumbre de hacerlo, pero en ese momento la simple idea de estar con Tania y el encontrarme en casa del Veterinario me habían dado ganas de fumar. Me quedé mirando al cielo. Aún no había muchas estrellas. La luna estaba muy baja y anormalmente grande. Se apoyaba sobre el centro comercial en construcción, hacia el que se deslizaban los chalets, jardines y árboles de este lado del cerro.

Le señalé el tejado de su casa: Mira, Venus, está encima de esta casa.

Parece que la hubiera elegido ¿verdad?, dijo. Me enamoré de un hombre que me lleva veinte años. Creí que la edad no tenía importancia.

¿Y la tiene?

Sentía frío en las piernas. Arriba llevaba la sudadera, pero en las piernas desnudas tenía carne de gallina. Así que me pareció una eternidad el tiempo que tardó en contestar.

Siempre he oído decir que no la tiene, que el amor está por encima de todas las diferencias, sin embargo, el amor es cosa de dos personas concretas con diferencias concretas, y si he de serte sincera, creo que sí que tienen importancia y mucha.

Se quedó ensimismada. Antes de decirle que debía irme, pensé muy bien cómo decirlo. Lo escribí mentalmente.

Mira, dije, ahora tengo que marcharme, pero yo todos los días paso por aquí corriendo más o menos a la hora que he pasado hoy, si coincidimos podríamos proseguir esta conversación. Vamos, si a ti te apetece y no tienes nada que hacer. Y a continuación solté el topicazo: No todos los días se tiene la oportunidad de hablar con alguien como tú, normalmente es todo tan corriente y tan aburrido.

Pensé que al final había metido la pata, que se me había visto el cartón. Pero ante mi sorpresa la vi sonreír.

Está bien, a mí me ocurre lo mismo.

A partir de ese momento mi vida se iba a dirigir única y exclusivamente al segundo encuentro con Tania. A ninguna le quedaban los pantalones como a ella. Todas tenían el culo muy grande o muy escurrido. El de Tania llenaba los pantalones todo lo que debía llenarlos, ni más ni menos. Me encantaba verla, me hubiera podido quedar dormido aquella tarde viéndola sentarse y levantarse sin cesar del sofá de su casa e ir hacia la puerta con esos pantalones demasiado claros para estar ya casi en invierno sobre unas botas marrones, que le daban un aire tan suyo. Sabía que en la casa del Veterinario había un buen gimnasio que utilizaban ella y su padre, algo menos su madre y de ningún modo Eduardo, y de pronto me vino a la mente la adorable posibilidad de que hiciésemos pesas juntos y solos. Y de inmediato la desagradable sensación de que siguiésemos los pasos de mi madre y Mister Piernas.

Dejé pasar unos días sin volver a ir por allí. Andaba como aturdido, el tiempo me resbalaba. Sólo existía ella y todo lo demás era su prolongación, desde el instituto hasta las mallas de mi madre, pasando por los perros que se desfogaban por la vereda. Al mediodía me pasaba por la cafetería del Híper a tomarme una porción de pizza y una Coca-Cola. Y allí parecía que me olvidaba un poco de esa vaga idea de estar con ella. Me daba una vuelta, con los walkman puestos, por todas las secciones y aceptaba muestras de cremas y colonias que luego tiraba a la papelera. En jardinería me sentaba un rato en un conjunto de banco y sombrilla que me gustaba especialmente y respiraba el penetrante olor a tierra mojada que emanaba de las macetas.

Ya me había olvidado de la Nochevieja y de la fiesta en el Zoco Minerva cuando mi madre me vino con un catálogo de ropa de caballero de El Corte Inglés. Señaló una página.

Elige el que quieras. Ya es hora de que tengas un buen traje.

Debía admitir que de un tiempo a esta parte todo lo que iba deseando se iba cumpliendo y eso me confundía porque nunca antes me había sucedido. Cuando en los exámenes deseaba ardientemente que salieran las preguntas que me sabía, jamás habían salido. Cuando de pequeño llamaban a la puerta por la noche y yo quería que fuese mi padre, que me traía un regalo, nunca era mi padre. Cuando en alguna parte repartían premios, yo no era de los elegidos, salvo en los casos en que todo el mundo tenía uno. Cuando pedí un perro, se me negó. Y no se me había ocurrido quejarme porque distinguía perfectamente entre las apetencias que anidan en uno y los demás, o sea, los encargados de proporcionártelas, pero ahora al acceder a la esfera de los caprichos realizados me daba cuenta de que nunca antes se me habían cumplido y mi pasado me entristecía.

Tenía ante mí la foto del traje que me gustaba y titubeé. El traje sin Tania ya no tendría sentido. Más aún, imaginaba el traje colgado en una percha recordándome lo que no tenía.

No hay prisa. Piénsatelo. Puedes elegir el que quieras. No te preocupes por el dinero.

Juro que me dieron ganas de llorar. Mi madre me deprimía profundamente.

Transcurrida una semana, pensé que ya había pasado tiempo suficiente para volver a la carga con Tania, pero entonces empezó a llover de una manera tan torrencial que era imposible que nadie

corriera con aquel tiempo. La lluvia era una barre-
ra que alejaba el cerro con todos sus chalets y su
luna y sus estrellas al otro lado del universo.

Durante días esperé viendo la televisión
a que se hiciera un claro en el cielo. Había vuelto a
la tele y eso me asqueaba. Me asqueaba mucho a mí
mismo viendo la tele mientras procuraba no pensar en Tania. No tenía mucha barba, pero la poca
que tenía no me la afeitaba, ni me duchaba. La asistenta me preguntó por qué no iba al instituto. Le
dije que porque no se podía ir con semejante lluvia.

Y yo qué, ¿no vengo a trabajar yo, pedazo
de vago?

Creía que porque me había visto crecer podía insultarme. A mí me daba igual.

Le pregunté: ¿Crees en la suerte, en la buena
suerte?

La suerte es buena o mala depende de cómo
la mires. Es una invención. Salta ahora mismo del
sofá, que tengo que hacer el salón.

La asistenta hacía varias casas en la urbanización, de las que la más antigua y constante era la
nuestra, por eso la consideraba casi como la suya.
Le dolía cuando algo se rompía o yo suspendía o
mi madre estaba triste. A mi madre la quería y se
refería a ella como esta pobre mujer cuando en realidad mi madre se daba la vida padre. Decía cabe-
ceando mientras limpiaba el polvo:

Se agota en el gimnasio.

Verdaderamente, mi madre, que ya no era
ninguna jovencita, regresaba molida de las sesiones de pesas y caía rendida en el sofá. Entonces la

asistenta se sentaba en la parte de sofá que mi madre dejaba libre con dos cervezas, una para cada una, y mi madre le pedía que si no tenía que ir a otra casa que se quedase con nosotros a comer y a charlar un rato, a lo que la asistenta solía acceder encantada, ya fuera de horas de trabajo naturalmente. Mi madre tenía en ella una confianza ciega y se lo contaba todo. En verano se tumbaban en las hamacas en el jardín, y cuando hacía malo como ahora, en los sofás con las piernas en alto. Así que cuando mi padre se quedaba en casa más tiempo del esperado, se sentía, como todos, algo contrariada.

Decía que era la única casa en la que luego disfrutaba de lo que había hecho, del bienestar que dejaba en ella. En los días de calor el olor a limpieza perfumada, las persianas medio bajadas, las camas perfectamente hechas, la ropa planchada, salvo mis pantalones, y los baños relucientes. Y en los de frío, una pila de troncos al lado de la chimenea, que se encendiera o no se encendiera daba gusto verlos, las persianas completamente subidas y la luz y el sol resbalando por todo aquel espléndido orden. Decía que por nada del mundo dejaría nuestra casa, lo que me llevaba a admirar a mi madre, que había conseguido aquella dedicación y fidelidad pagándole tan poco.

Por encima de todo, la suerte existía y estaba a mi favor porque ocurrió lo que nunca hubiera osado soñar: me llamó Tania.

¡Qué tiempo!, ¿verdad? He supuesto que así no podrías salir a correr.

Es imposible, dije.

He pensado que de todos modos podrías venir a verme. Hoy necesito hablar con alguien.

Tardaré un poco en llegar, quizá una hora.

Te espero.

Eran las seis, y a las seis y cuarto ya me había duchado, afeitado, perfumado y puestos mis mejores calzoncillos, pantalones, calcetines, vaqueros, camisa y jersey. Me miré en el espejo y me pregunté si yo, con todo lo mejor que tenía, era suficiente. No se me ocurría qué añadirme. A las seis y media pasadas ya estaba recorriendo el tramo que iba de la parada del 77 a la casa del Veterinario. Por las calles fluían riachuelos de agua clara que purificaban el suelo rojizo de las aceras y que me empaparon por completo las botas. Un gran baño caído directamente del cielo. Nunca ningún aspecto de la urbanización había sido tan intenso. No me había detenido a pensar en ella en sus dos vertientes de seca y mojada. Nada tenía que ver una con la otra. A partir de ahora en la mojada estaría el cerro con sus aceras rojas y su tarde lluviosa por la que andaba yo pensando en todo esto.

Me limpié a conciencia las botas en el felpudo mientras en la placa dorada leía una vez más: Roberto Alfaro. Veterinario. Quien ha tocado la suerte tiene que saber que su medida no suele coincidir con la de los deseos. O se pasa o no llega. En este caso la suerte se quedó corta al abrirme la puerta Eduardo.

Qué coincidencia, musculitos, estaba pensando en ti. Llegas a tiempo para jugar una partida.

Primero, desde que me había puesto como una roca me llamaba musculitos para aminorar la importancia de mi hazaña. Segundo, en esta casa había una espléndida sala de juegos con un espléndido futbolín donde Eduardo se convertía en un auténtico niño de cinco años.

Estoy cansado, dije.

No estás cansado.

Ya había retrocedido a los diez años, dentro de nada tendría siete y, si tocaba las manivelas, cinco.

Te digo que sí, ¿es que la interna no puede jugar contigo?

Pero, bueno, no te comprendo —estaba a punto de revolcarse por el suelo—. ¿Cómo es posible que no tengas ganas de darle?

Pues no, no tengo. ¿Está tu hermana?

No me hagas reír. ¿A qué viene esto?

He de hablar con tu hermana.

Hace un siglo que no nos vemos y dices que quieres hablar con mi hermana. Mi hermana no quiere hablar contigo ¿te enteras?

Eduardo era aún más caprichoso que yo. Era continuamente caprichoso y ni por un instante dejaba de serlo. Y pensé, por pensar algo de Eduardo que no fuese lo de siempre, que ésa iba a ser su perdición. Por entonces no había indicios de que fuera una persona de suerte ni de lo contrario y le era por tanto aplicable la teoría de la asistenta.

Diviértete solo, le dije.

Tania salió al vestíbulo, de donde yo no había pasado.

No te esperaba tan pronto.

Ya ves. Se me ha dado bien.

Eduardo se metió las manos en los bolsillos y se recostó en la pared dispuesto a no dejarnos solos.

Tania, que estaba como pensando en otra cosa, me preguntó: ¿Crees que dejará de llover?

Pasamos al salón y consideré que al fin y al cabo, aunque no en las mejores condiciones, estaba con Tania. Ella me miraba poco, el aguacero chorreaba por los cristales y era de noche. De la consulta no provenía ningún ruido. A veces nada más se oía el agua.

¿No hay consulta hoy?, pregunté.

Y los dos agacharon la cabeza.

No, dijeron.

Tania le dijo a su hermano: Mamá está en la cama. Tendrías que ir a ver cómo se encuentra.

No me apetece, dijo él.

Y a continuación contó una discusión que había mantenido con un profesor sobre la capacidad del ser humano para vivir completamente aislado de otros seres humanos. El profesor sostenía que no se podía, y Eduardo que sí. En fin, pobre profesor. Estuve en todo momento pendiente de la lluvia, y como no amainaba y ya eran las ocho, le dije a Tania:

¿No te gustaría fumarte un cigarrillo? Podríamos resguardarnos en el cenador.

Sólo estuvimos allí media hora, pero fue la media hora más acogedora, más íntima que se me hubiera ocurrido imaginar para aquel día. La lluvia y el tabaco nos protegían. Al fondo se veían las cristaleras del salón, desvalidas, solitarias, iluminadas remotamente, como si la casa del Veterinario ya estuviese apagándose en el futuro recuerdo de alguien. Por eso quise que el presente no fuese también un recuerdo antes de llegar a serlo y abracé a Tania.

Ella dijo: Gracias. Lo único que quería es que alguien me abrazara.

Yo sólo era alguien. Primero había necesitado hablar con alguien, y ahora que alguien la abrazara. Y me parecía bastante, sólo un idiota hubiera pretendido ser, así de pronto, algo más para Tania.

No llevo bien la universidad ¿sabes? Mi madre se pasa el día en la cama. Y mi padre... A Eduardo ya lo ves, no quiere saber nada de problemas.

Hoy no se ve nada en el cielo, dije yo alzando la mirada.

Daba la impresión de que el universo se hubiera alejado de la Tierra hasta no poder verse y que el planeta se hubiese quedado completamente solo, aunque yo en la soledad de Tania era feliz.

El bus bajó la pendiente a una velocidad temible, las luces de los chalets se reflejaban en el pavimento mojado, el horizonte era oscuro. Sentía deseos de que el tiempo mejorara para poder correr a gran velocidad.

Últimamente Eduardo se avenía bastante bien a mis caprichos, porque lo más seguro es que tuviese reservado alguno suyo de envergadura. Así que le propuse ir a pasear a *Hugo* al bosque de pinos donde había visto a Alien algunas veces con el pastor alemán. Quería escuchar a Alien porque lo que yo le decía a Tania como si fuese él a ella le interesaba de verdad.

Cuando lo vimos, la reacción de Edu fue: Vámonos para otro lado, allí está Alien.

¿Y qué? No nos va a morder.

Me acerqué a él. Eduardo se había quedado con *Hugo* a varios metros de distancia. Haciendo una ligera inclinación de cabeza hacia ellos dije:

Hemos venido a pasear al perro.

Y sin venir a cuento Alien dijo:

No tienes por qué preocuparte tanto, lo que haya de suceder sucederá.

En realidad no me preocupo mucho. A veces tengo cargo de conciencia por no preocuparme. Creo que mi madre tiene razón cuando dice que no sé preocuparme.

Ese chico ¿cómo se llama?

Eduardo, contesté intrigado.

Alien era muy moreno de piel, lo que a alguno podía conducirle a pensar que tomaba rayos UVA y juzgarle frívolamente, pero yo que lo había visto de cerca sabía que no era así. Tanto la coleta como el tono de la piel eran los signos visibles de su poco corriente naturaleza.

Es un pastor alemán ¿verdad?

De pura raza.

El curso que diste en la Casa de la Cultura hace un año nos dejó muy impresionados.

¿Asistió tu amigo?, preguntó mirando a Eduardo.

No.

Hacía ya días que había cesado de llover, sin embargo, había algo en el aire que indicaba que había llovido mucho. Daban ganas de respirar hondo. Los pinos se iban juntando y formando una sombra cada vez más alejada y compacta. Los perros se metían por ella y desaparecían durante un rato. La vereda no se podía comparar con esto, no entendía cómo los de la vereda no traían aquí a sus perros, pero la costumbre es más fuerte que el ansia de renovación.

¿Qué tiene de interesante mi amigo?

Me compadezco de él.

¿Por qué? Él no se compadece de nadie. Absolutamente de nadie.

No tiene nada que ver lo que uno siente por los demás con lo que los demás sienten por uno. Si siempre coincidiese, vivir estaría tirado.

De inmediato pensé en Tania porque tendía a aplicarlo todo a nuestra incipiente relación.

A veces sí coincide.

Sí, se puede llegar a experimentar algo semejante.

¿Qué me dices del amor?, dije.

Que en el amor hay intensidad, pero no igualdad ni semejanza de sentimientos. Se puede fantasear con experimentar las mismas sensaciones, pero ¿cómo estar seguros de que son las mismas y en el mismo grado? Por eso los amantes se someten a pruebas continuamente. Incluso el más confiado quiere saber hasta qué punto le pertenece el otro, porque se pretende que el dios creado por el amor sea nuestro esclavo. Es un infierno.

Deberías hablar de esto en el Centro Cultural.

¿Crees que existe alguien a quien le interese que le digan la verdad?

Creo que sí, dije sinceramente.

Si supiese que esa chica no te quiere y que en el fondo pasa de ti ¿te gustaría que te lo dijera?

No me importaría porque podrías equivocarte.

¿No ves? Dudarías de mí antes que afrontar la verdad.

Supuse que todo era fruto de su imaginación, él no podía saber nada de Tania. A mi edad lo normal era estar enamorado de una chica que no te hace caso.

Tu amigo no se enamorará nunca. Morirá sin saber lo que es el amor.

También yo he pensado siempre eso de Edu.

Ya sabes que no soy ningún brujo, sólo tengo sentido común. Me fijo en la gente y trato de ponerme en su lugar.

Entonces Edu se acercó y dijo:

Estoy cansado ¿por qué no nos vamos?

Alien apenas lo miró. Llamó a su perro y se dirigió a mí:

¿Crees en serio que mi conferencia interesaría?

Podría asegurar que de esta conversación arrancó la que podríamos llamar segunda época de Alien, mucho más intimista y espiritual.

La superficie normalizaba la vida en la urbanización. Nivelaba los sucesos extraordinarios con los habituales de modo que sólo se acababa viendo lo que sucedía todos los días, y lo que se veía todos los días hacía olvidar. La superficie estaba suficientemente poblada como para que de inmediato se olvidase a los que habían dejado de habitarla. Al poco de venir a vivir aquí mi familia, cuando aún no se habían recubierto de chalets el cerro ni el resto de pequeñas lomas y llanuras y nada más había dos guarderías, un colegio y el Zoco Minerva, cuando ni siquiera se había construido un instituto porque apenas había adolescentes, se produjo un suceso que se salía de lo normal.

Una vez por semana el dueño de la Tintorería Minerva pasaba por mi casa preguntando si necesitábamos entregarle ropa para limpiar. Era alto, moreno e iba vestido con trajes color crema, cuyos pantalones caían en oleadas hasta los zapatos. Nosotros éramos buenos clientes, siempre había alguna prenda de mi padre que debía pasar por la tintorería, amén de las alfombras en verano, que enrollaba con gran destreza y lograba sacar de allí sin mancharse el traje. ¡Qué hombre tan guapo!, decía mi madre tras cerrar la puerta. Por entonces

yo hacía tercero de Primaria, así que tenía ocho
años. Era una época tan llena de obligaciones que
estaba deseando ser adulto para dejar de trabajar.
Quería ser como mi madre, pero sin hijos para no
tener que ocuparme de ellos. Nunca podía disfrutar de un día completo tirado a la bartola porque
entonces ella se preocupaba. Pensaba que no tenía
amigos, que era un niño solitario, que había de llevarme al psicólogo. Con su actitud me obligaba a
estar siempre en danza, lo que a su vez la obligaba
a ella a tener que tener el coche en perpetuo movimiento para llevarme y traerme de las miles de actividades en que debía participar. En ocasiones fingía
estar enfermo para poder quedarme un día entero en mi habitación con la televisión y los libros,
absolutamente a gusto en la cama sin oír el griterío de mis compañeros en los recreos ni las voces de
los profesores siempre ajenas aunque traumática-
mente reconocibles. Me gustaba mucho mi casa
porque no había mezcla de olores ni de personali-
dades, tenía la escueta y pacífica atmósfera de una
madre, un niño y las esporádicas incursiones de un
padre, cuya presencia quedaba retenida en otra
dimensión.

Así que todo el que llamaba a la puerta y cruzaba el umbral quedaba impreso en la memoria de
la casa. La casa sabía quién se sentaba en los sofás
o quién hacía una llamada de teléfono o se bebía un
vaso de agua en la cocina. Todo se notaba, hasta el
más mínimo detalle novedoso era registrado au-
tomáticamente. Cuando el dueño de la tintorería
entraba, aunque fuesen cinco minutos, tanto mi ma-

dre como yo podíamos decir: Ha estado aquí el de la tintorería. Y cuando durante varias semanas dejó de ir también la casa lo notó, y mi madre mirando a su alrededor dijo: ¡Qué raro que no haya venido el de la tintorería! Y varios días después me dijo: ¿Te acuerdas del dueño de la Tintorería Minerva? Pues su mujer le sorprendió con su amante y le pegó un tiro con una pistola.

Me quedé muy impresionado por que la mujer del de la tintorería tuviese pistola. Creía que sólo se tenía pistola en las películas.

¿Cómo ha conseguido la pistola?, dije.

Contestó algo desconcertada:

Dirás que cómo ha tenido el valor de matar a su marido.

No, digo que es raro que por aquí haya pistolas. No se ve que la gente tenga pistola.

Pues ésta sí que la tenía, qué le vamos a hacer.

¿Pero la tenía de siempre?

No lo sé, no lo he preguntado. Imagino que la compraría para cargarse a su marido.

¿Y dónde hay que ir?

¿Cómo voy a saberlo? ¿Es que acaso nosotros tenemos pistola?

Por eso me parece tan raro que la mujer del de la tintorería que no era un gángster ni nadie así tuviese pistola.

Siempre hay alguien que sobresale por cosas de este tipo, dijo mi madre, por cosas fuera de lo normal, es como si nos hubiésemos enterado de que la mujer del de la tintorería tenía dos cabezas, no por eso vamos a pensar que todo el mundo tiene dos cabezas. En cualquier caso, se lleva uno muchas sorpresas con la gente, nunca hubiera pensado cuando lo veía aquí tan formal enrollando la alfombra que tenía una amante.

Supimos que aquella mujer, que nunca llegamos a ver porque el asesinado siempre se había encargado de recoger y entregarnos la ropa, fue a la cárcel. Y la gran pregunta de mi madre era qué iba a ocurrir con la tintorería. Justamente ahora es cuando más dinero necesita, decía, esa pobre mujer. Mi madre nunca habría podido ser juez porque no era en absoluto imparcial, se dejaba llevar por su estado de ánimo, y su estado de ánimo hacia aquella mujer asesina siempre era favorable.

En la memoria de la reducida comunidad compuesta por mi madre y yo se inscribieron dos ausencias: la del dueño de la tintorería, que había desaparecido de nuestra casa y del mundo con su buen traje, el pelo negro y rizado y varias chaquetas de mi padre colgadas del brazo, y la de su mujer, quizá más intensa, porque teníamos que hacer un gran esfuerzo para imaginarla, sobre todo cuando nos vimos obligados a pisar la Tintorería Minerva por primera vez y vimos en el mostrador a aquella otra mujer que podría ser madre de uno de los dos. Enseguida le busqué rastros de tragedia en el rostro, y creo que mi madre también, pero ella estaba enfrascada en un archivador con facturas y no dejaba entrever su dolor, de tenerlo. La cuestión era que estaba en lugar de alguien y que lo sabíamos, ése era el fondo. La superficie la constituía este momento en que ella buscaba una factura y nosotros esperábamos con un traje de mi padre metido en una bolsa a que nos atendiese. El fondo no se veía, se veía la superficie. Y se continúa viviendo en la superficie, no en el fondo. Así que el de la tintorería había muerto y su mujer estaba en la cárcel y esto a la vida no le afectaba: la Pizzería Antonio seguía estando hasta los topes de gente y la tintorería abierta, y en los demás locales se entraba y se salía como si no hubiera pasado nada.

Ocho años más tarde ocurrió algo que me demostró que la superficie, o sea, la vida es inquebrantable y que no se conmociona por mucho tiempo. Otra vez era otoño y gran parte de los árboles de la urbanización comenzaban a enrojecer y amarillear. Era la mejor época para correr, no me cansaba, daba la vuelta a aquella tierra hermosa que amenazaba con poblarse hasta el infinito cubierta por el inmenso murmullo de los pájaros. A veces tiraba hacia los búnkers por un camino polvoriento bordeado de cardos de flores moradas. Los prados a los lados, antiguamente sembrados, se cubrían de hierba en los inviernos húmedos. Si sobrepasaba los búnkers me encontraba con la laguna, a cuya agua oscura sólo se podía acceder si uno se abría paso entre la extraña vegetación arisca y temible que la custodiaba. Los ecologistas decían que la zona poseía su propio ecosistema, incluso su propio microclima porque allí llovía cuando le daba la gana mientras que las zonas de alrededor permanecían completamente secas. Había fauna autóctona y flo-

ra con especies sin clasificar. Empezaba a convertir-
se en la delicia de los biólogos. Hacía poco que se
la había reconocido como zona de especies prote-
gidas. Ni Edu ni yo habíamos necesitado ser biólogos para saber, desde que de pequeños íbamos allí
con las bicis, que era el lugar más raro del mundo
porque había pajarracos que hacían ruidos espe-
luznantes y plantas que tiraban para atrás. Todo lo
que había tenía que ser anterior a la época de los
dinosaurios. Salvo a algún majadero no creo que a
nadie le diese por bañarse en la laguna. Los exage-
rados decían que no era de agua sino de ácido sul-
fúrico. Bueno, pues si aquella tarde me hubiese
aventurado hasta ella, tal vez habría sido yo quien
la hubiese visto, a la muerta flotando sobre el agua
verde y oscura. Pero decidí dar media vuelta antes
de llegar porque prefería que me pillase la noche
cerca de la urbanización. Y así fue, según oscure-
cía a mi espalda, las luces comenzaban a encenderse
en el horizonte, se extendían, formaban una balsa
iluminada, cada vez más potentemente iluminada.
Y cuando me interné en ella se deshizo como si la
hubiese roto con el pie.

Al llegar a casa, mi madre me siguió a la
ducha. Ya hacía alrededor de dos años que no se
quedaba todo el rato mirándome mientras me enja-
bonaba y luego me aclaraba bien y me secaba a conciencia. Me habló desde la puerta. Me preguntó
que hasta dónde había llegado corriendo. Le contesté que casi hasta la laguna. Dijo que por poco me
cruzo con su monitor de gimnasia. Entre nosotros
nunca le llamamos por su nombre, siempre fue el

monitor o Mister Piernas. Dije que no lo había visto. Dijo que la había llamado muy asustado porque no sabía qué hacer, y que ella le había dicho que era mejor que esperasen a que yo llegara. Salí con la toalla alrededor de la cintura. Mi madre me miraba con los ojos muy abiertos.

Ha visto algo, dijo.

¿En dónde? ¿Qué es lo que ha visto?

En la laguna. Ha visto una muerta. Tenía el pelo enredado en una de esas plantas tan raras que crecen en la orilla.

¿Se acercó?

Un poco para ver si estaba viva.

Me estaba echando una ampolla de placenta en el pelo para no quedarme calvo como la mayoría de los vecinos:

¿No podría ser una muñeca?

¡Ojalá sólo fuese una broma!

Y de repente pensé que podría haber sido yo quien la hubiese descubierto y en lo impresionante que habría sido.

Lo normal es que se lo comunique a la policía.

Claro, el pobre sale a correr un rato y, primero, se encuentra con lo que no quería encontrarse. Segundo, ahora en lugar de irse al gimnasio a dar las clases del turno de noche, se va a la policía. La policía le obliga a acompañarles a la laguna. Tienen que recoger el cuerpo y reunir pruebas en lo que tardan un buen rato. No cena. Después se lo llevan a declarar a las dependencias policiales. Está agotado. Los policías se resisten a que se marche porque es al único al que pueden preguntar algo, a lo único que se pueden agarrar. Le hacen repetir la misma historia una y otra vez. Y puede que con el nerviosismo se confunda porque a mí me la ha contado ya de dos formas ligeramente diferentes. Creo que ahora además les resultaría sospechoso que hubiese tardado casi una hora en denunciarlo. La situación empeora por momentos y yo he tenido la culpa por aconsejarle que esperara.

No tenía por qué meterte en esto. No debería haberte llamado. Papá no te hubiera llamado para algo así.

Deja en paz a papá.

Verdaderamente papá estaba tan lejos de la laguna, ni siquiera debía de acordarse de que existiera una. No tenía nada que ver ni con la laguna, ni con la muerta, ni con nosotros sabiendo todo esto que estaba ocurriendo.

De todos modos, dijo, estoy casi segura de que no es el primero que la ha visto. Cualquier persona razonable ve algo así y desaparece, porque ya no puedes hacer nada por ella y porque te quitas de complicaciones. Claro, como la policía no sale de la oficina no ve nada, ni se entera de nada.

Mi amigo Eduardo y yo habíamos pasado por una situación parecida cuando nos gustaba tanto, mejor dicho a Edu le gustaba tanto, ir hasta allí en bici. Teníamos once años y mientras pedaleábamos se notaba que él pensaba mucho. Yo, nada. La nariz se me dilataba y creo que también el corazón y los pulmones. Me entraban enormes bocanadas de oxígeno. Sólo podía fijarme en

el cielo, en los pájaros, en los rastrojos, en las liebres que cruzaban con las orejas alertas. Lo mismo
me pasaba en la cafetería del Híper. Me quedaba
con los gestos de la clientela habitual. Sabía cómo
cogía el vaso cada uno y cómo se quedaba mirando de pie en la barra, dejando un brillo adormecido
en lo que contemplaba. Tal vez el mundo esté di-
vidido entre los que piensan todo el tiempo y los
que no, y quizá los que piensan sin descanso no
pueden evitar emperrarse en alguna idea porque
no pueden dejar la mente quieta y en paz, como
la dejaba yo, simplemente vagando por el panora-
ma que se abría ante la rueda y el manillar. Sin
querer, siempre le adelantaba, siempre tenía que
esperarle de trecho en trecho para que pudiésemos
llegar juntos a la laguna.

Era un día de principios de verano, todavía se podía aguantar la bici, por supuesto a primera hora de la mañana o última de la tarde. Edu llevaba un pañuelo cayendo por debajo de la gorra
hasta los hombros, camisa de manga larga y pantalones largos de algodón. Cuando le preguntaban
si no tenía calor con tanta ropa, contestaba airado.
Yo sabía que no soportaba sus propias peculiari-
dades y que habría dado cualquier cosa por llevar
el cuerpo al aire. Tardamos en llegar casi el doble
de lo que hubiera tardado yo solo, pero en fin, allí
estábamos, ante el inquietante verde oscuro que
anunciaba la proximidad del lago. Según nos acer-
cábamos la vegetación se iba espesando alrededor
del agua, y el que quería llegar hasta ella no tenía
más remedio que rozarse las piernas con aquellas

especies de helechos de hojas duras que parecían nutrirse de agua podrida y luz venenosa.

Edu se acercó primero y esperó mirándome de reojo a que llegase yo. Y esperó a que me sorprendiera o me asustara. Esperó a que dijese algo.

Dije: ¿Qué es esto?

El crepúsculo abría vías claras en el agua, senderos luminosos.

¡Es repugnante!, dije.

Edu cogió un palo y atrajo hacia nosotros un ala grande y blanca.

Por Dios, Edu, vámonos de aquí.

Espera, ¿es que no quieres saber lo que estás viendo? Siempre es mejor tener en la mente una imagen clara por desagradable que sea que no negra y confusa, lo que a la larga la volvería más desagradable todavía. No vuelvas la cabeza y mira lo que tienes ante los ojos porque el hecho de que no lo veas no lo va a hacer desaparecer.

Edu, desde pequeño, siempre había tenido la capacidad de poder expresarse como un psiquiatra, tal vez porque sus padres enseguida empezaron a llevarle al psicólogo. Todo empezó al comunicarles en el colegio que era superdotado y que por eso se aburría en las clases y no daba golpe y que este fenómeno había que tratarlo como una anomalía. La inesperada noticia dejó al Veterinario muy perplejo y durante los primeros días no hablaba de otra cosa y solía comentarles a los dueños de sus pacientes que tenía un problema: Mi hijo es superdotado. La Veterinaria, por su parte, se dejaba ver más de lo habitual, revestida de la dignidad que impone poseer el vientre del que ha salido un superdotado. Según mi madre, que coincidió esos días con ella en el Híper y en el Zoco Minerva, la gente no sabía si darle la enhorabuena o lo contrario.

Creo que a mi madre le dolió mucho que el superdotado fuese precisamente el hijo de aquella cursi debilucha forrada de pasta. Creo que le dolió que el superdotado no fuese yo. Sin embargo, ser superdotado no es fácil porque todo el mundo espera que lo demuestres, que no seas un fraude. Cada uno de los que se acercaban a Edu trazaban una imaginaria línea entre su inteligencia normal y la prodigiosa de él. Si tenía buen oído para la música, Edu debía tenerlo mejor. Si pintaba bien, Edu debía hacerlo mejor. Tenía que memorizar sin empollar, sólo echándole un vistazo a la página. Y yo mismo lo probaba constantemente y le obligaba a resolver mis problemas de matemáticas casi con cronómetro en mano. Acabó bastante dolido de oírnos decir a todos: Así también lo hago yo.

La Veterinaria insistía en que no debía desperdiciarse. Quería que las excepcionales dotes de su hijo se materializaran en algo que se pudiese mostrar, como calcular a velocidad de vértigo o ser un virtuoso del piano.

¿Por qué no aprendes a tocar el piano? A ti no te costaría nada, y es algo precioso, le decía de vez en cuando.

Así que Edu cada vez estaba más a la defensiva con todo el mundo y se volvió bastante mordaz, con inclinación a la crueldad. En el colegio les dijeron a sus padres que de ordinario este tipo de niños no se adapta bien al entorno simplemente porque su mente funciona a mayor velocidad que las del resto y ellos son las únicas víctimas de este desajuste. Pongamos el caso de dos relojes, les habían dicho, uno marca las horas al ritmo normal a que estamos acostumbrados, en el otro el segundero va a mayor velocidad, nunca podrán marcar la misma hora, nunca estarán en el mismo tiempo ¿comprenden? A veces es necesario un poco de ayuda. Y empezó el periplo de Edu por psicólogos y psiquiatras. Todo el tiempo que yo pasaba jugando al fútbol y embruteciéndome, él ya lo pasaba enrollándose con aquellos tipos que hablaban de los sueños, los símbolos, las fijaciones y las frustraciones. Me confesó que con algunos se divertía mucho más que con nosotros. Así que cuando me imploraba que jugase con él al futbolín, la única pasión propia de la edad que tenía entonces y que ha perdurado a través del tiempo, le contestaba que llamase a alguno de bata blanca.

Atrajo el ala hacia la hierba de la orilla. Tras el ala, el cuerpo de uno de aquellos pajarracos.

Míralo, míralo bien, dijo, tal vez luego tengas que describirlo.

Lo miré cuanto pude. El agua estaba plagada de pájaros como éste y también más pequeños de color negro y alguno más grande casi del tamaño de un águila. Olía a plumaje apestosamente mojado.

Dijo: Creo que deberíamos llevarnos éste. ¿Tenemos una bolsa?

Yo no pienso llevarme nada. No pienso llevar ese cadáver en una bolsa colgada de mi bici.

Qué memo eres. Ni siquiera tenemos bolsa. Habría que sujetarlo con una cuerda. Tengo una que serviría.

Haz lo que quieras, yo no pienso llevarlo de ninguna manera.

Mi padre debería examinarlo. ¿No comprendes que tenemos en nuestras manos la prueba de lo que ha ocurrido aquí?

Cogió en brazos el pajarraco. La cabeza colgaba en el vacío. Y se dirigió a mi bici.

Sujétalo así mientras traigo la cuerda.

Prefiero ir yo por la cuerda y que lo sujetes tú. Me gustaría no tener que tocarlo. Además, estoy pensando una cosa ¿por qué en lugar de a la policía no llamamos a los ecologistas?

Porque los ecologistas al final llamarían a la policía y tendríamos que declarar de igual forma, sólo que después de que nos hayan mareado los ecologistas.

¿En serio te parece que tengamos que llevarnos este bicho? Yo me voy más a gusto sin él, con mi bici y nada más.

Respiré cuando dijo: Está bien, pero tenemos que dejar el pájaro donde estaba.

Volvió a cogerlo en brazos sin ningún gesto de asco y lo tiró en el agua de la orilla entre juncos y hierbas. Los otros pájaros muertos se movieron. Buscó el palo con el que lo había atraído a la orilla y lo tiró lejos, con las manos trató de remover un poco la hierba pisoteada por nuestras deportivas.

No hagas esas cosas, le dije, no van a sospechar de nosotros, nada más los hemos encontrado.

¿Y por qué nos hemos detenido aquí —miró el reloj— alrededor de una hora?

Nadie puede saber el tiempo que hemos estado aquí, podríamos haber llegado hace diez minutos.

Es mucho más difícil sostener eso de lo que crees. Alterar la verdad requiere mucha imaginación y no sé si tienes suficiente.

Te has olvidado de que sólo tenemos once años. Nos hemos podido distraer jugando por aquí.

Ni que fuésemos tontos.

Los niños hacen eso.

No digas memeces.

Fue el Veterinario quien llamó a los ecologistas. Y los ecologistas a la policía. Y la policía a nosotros. Y como Edu había anticipado, nos sometieron a un exhaustivo interrogatorio sobre los pilares básicos del cuándo y el cómo. Querían saber con la mayor precisión qué habíamos visto, así que me alegré de que Edu me hubiese obligado a fijarme tanto y ahora pudiera responder con todo lujo de detalles y no perdiésemos el tiempo con titubeos.

El asunto era feo, y en todas las publicaciones se mencionaban nuestros nombres y apellidos con iniciales por ser menores de edad, pero aun así satisfacía verlos. Mira, éste es Edu y éste soy yo. Dos niños en bicicleta habían descubierto el desastre. Las aves habían muerto envenenadas.

El agua había sido envenenada con algún vertido. La gente enfurecida decía: Mira que si le da por beber a algún niño. Los ecologistas estaban revueltos, y la policía no sabía por dónde tirar, estaban perdidos. Se descontaminó el lago, pero nunca se supo qué sucedió, quién lo hizo.

Le dije a mi madre que si de verdad quería ayudar a Mister Piernas lo más aconsejable sería que volviésemos los tres al lago y que él se fijase bien en lo que había visto porque de lo contrario la policía lo volvería loco.

Pero es de noche, dijo mi madre.

Iremos con linternas.

¿No parecerá raro si alguien nos ve?

¿Quién va a pasar a estas horas por allí?

Me da miedo tu sangre fría, dijo mi madre.

Sólo es una mujer muerta ¿no?

Y añadí: Además ya somos los tres mayorcitos. Y olvídate de que se lo calle, ese chico no podría vivir con eso en la cabeza.

No sé si tú deberías venir. Puede ser una impresión muy fuerte. Eres mi hijo. No debo consentirlo.

Mister Piernas llamó al timbre y pasó a nuestro ordenado salón con las manos metidas en los bolsillos y la cabeza baja como si la hubiera matado él. Pensé que con ese aire de culpabilidad la policía lo detendría en cuanto le echara la vista encima. Y también pensé en lo comprometedor que es el simple hecho de ver. Uno ve cosas, personas, sucesos cotidianos y sucesos extraordinarios y no puede volver al punto en que no los había visto.

Le expuse con claridad lo que íbamos a hacer. Él me escuchaba aterrorizado.

¿Por qué tengo que saber más de lo que sé?, dijo.

Porque la policía necesita que lo sepas. Te ahorrarás muchas complicaciones. No se lo cuentes todo de un tirón, deja que te pregunten. Según vayan preguntándote, verás que sabes las respuestas y esto te animará mucho, te dará confianza, no parecerás culpable.

¿Por qué he tenido que ser yo? ¿Por qué?

Mi madre llegó con las linternas y lo miró de soslayo. Él le devolvió una mirada suplicante con los ojos muy abiertos, las mandíbulas, los pómulos, la frente, la boca, como si toda la cara se le hubiese estirado.

Venga, vámonos, dije yo.

Y mi madre dijo: Si hemos de irnos, cuanto antes.

Él nos siguió hasta el garaje con plomo en sus espectaculares piernas. Arrastraba los pies, era un fardo. Yo iba de excursión. Las linternas, el lago, los faros del coche que iluminaban el sendero y los matorrales negros de los lados y la oscuridad interminable en que nos íbamos adentrando. Me habría gustado comerme un bocadillo de jamón y poner música.

Aparcamos con los faros dirigidos al agua, pero resultaba imposible distinguir nada en ella, era un verdadero reino de tinieblas. Sin movimiento, sin sonido, la nada donde había ido a parar aquella mujer, las aves y Dios sabe qué más.

No hay casi luna, dijo Mister Piernas.

Sacamos las linternas del maletero y comenzamos a pisar y a rozarnos con aquella vegetación que en cualquier momento podía mordernos las piernas.

Mi madre dijo: Esto es una locura.

Bueno, vamos a ver, dije, ¿por dónde la has visto?

Creo que por aquí.

Dirigí la linterna hacia donde la dirigía él.

De verdad, que me dan escalofríos, dijo mi madre.

Se veían sombras junto a los juncos, partes algo más claras, pero no se podía saber qué era.

Necesitaríamos un palo, dije yo, con el que ir tanteando.

Pero se negaron en rotundo, dijeron que si algo tenían claro era que no iban a coger un palo y a meterlo en el agua esperando que tropezara con un cuerpo humano. Lanzamos sucesivas ráfagas de linterna desde distintos ángulos, pero las imágenes siempre eran las mismas, confusas, envueltas en las sombras de la vegetación. Mi madre llevaba ya un buen rato sin decir palabra. Nosotros susurrábamos: ¡Aquí, aquí! ¡Enfoca aquí! Por bajo que hablásemos, nuestra pequeña voz se expandía por el lago y retumbaba en los árboles del fondo, altos y amenazantes, levemente recortados sobre el silencio y la oscuridad. A Eduardo todo aquello le

hubiera encantado. Y cuando decidimos marcharnos, y mi madre dio media vuelta sobrecogida, y
Mister Piernas, llevado por lo extraordinario de la
situación, le pasó el brazo por los hombros, yo no
los seguí, me quedé contemplando la infernal serenidad de este mundo.

Al subir al coche, donde me esperaban sentados y sin hablar, dije:

¿Te imaginas el papel que habrías hecho
ante la policía? Os hubiera dado el amanecer sin
resolver nada. Y si con la luz se hubiera hecho visible el cadáver, vuelta a empezar. Tú lo único que
creíste ver fue una mujer muerta porque tenía el
pelo largo, enredado en los juncos.

Y porque tenía pechos, añadió.

Bien, pero todo lo demás es confuso ¿o no?

Asintió.

Ahora vendría la labor de la policía que
sería sacarte de tu confusión, o sea, sacar de donde
no hay.

De momento he decidido esperar hasta mañana. Necesito descansar.

Mi madre dijo que iba a hacer café, como
en las películas. Pero era de cajón que el café nos
iba a excitar más de lo que lo estábamos, así que
con buen sentido sacó una bandeja con jamón,
chorizo, queso y una botella de vino. Se me cruzó
por la cabeza que aquella situación creaba un pre-
cedente abominable y que no estaba bien que estuviera compartiendo sabrosos alimentos con el hombre que le estaba robando la mujer a mi padre. Pasó
como un relámpago mi padre en pijama diciendo

que en ningún sitio se estaba como en casa, y pasó un vacío en el estómago que casi me hizo llorar. La botella me la bebí yo solo y caí rendido en el sofá y oí vagamente un coche que arrancaba y se alejaba.

Al día siguiente, tras un sueño profundo y con la claridad de la nueva mañana, el asunto del lago quedaba a años luz de distancia. Ahora que menciono la luz no puedo pasar por alto la hermosa conferencia que esa misma tarde dio Alien en el Centro Cultural. Se llamaba «La luz inventada», y Eduardo se negó a ir a escucharle.

Que la luz de las estrellas nos sirva para medir el tiempo pone de relieve la esencia poética de nuestra especie, aunque luego conociéndonos individualmente nada haga pensar tal cosa. Nada puede haber menos poético que la forma de vida de cualquiera de nosotros, incluidos los artistas. Puede que sea poético el cuadro, el libro, la escultura, pero no el individuo creando ese objeto. Sí es poética la forma de vivir de los primates, todo el día jugando entre los claroscuros de las ramas de los árboles. Ahora quieren humanizarlos, quieren que comprendan que son inferiores a nosotros y que acaben arrastrando unas pantuflas por un piso de cincuenta metros hasta el televisor. La luz del sol, la luz del fuego, la luz que se despeña por intrincadas arañas de cristal, corpúsculos invisibles atravesando el espacio, misterioso oleaje luminoso. Es como si nuestra mente fuese poética, pero no nuestra forma de supervivencia. Sólo el amor nos eleva, nos salva, a pesar de su gran imperfección. Nues-

tra capacidad de amar es tan imperfecta como nosotros mismos. No hay pureza en el amor. Al amor
le gustan los brillos, los adornos, la chatarra, los
reflejos cegadores de los falsos espejos. Aun así,
pido un instante de atención, de concentración.
Retratemos en la mente a la persona más amada,
pasada o presente, seamos o no correspondidos
por ella. Pensemos sin miedo, nadie puede ver en
las conciencias de los demás. Por muy fuerte que
sea su imagen, nadie puede verla. Tal vez haya alguien sin imagen, sin amor, alguien que no pueda
cerrar los ojos para pensar en otro con todo el
pensamiento. Esa persona ha dejado de tener algo
que llena el pecho, la garganta, la boca, los ojos,
los oídos. Pero a los que la tienen no se les puede reprochar que estén llenos de lo que los demás
no ven.

A la salida lo acompañé hasta el bosquecillo de pinos. Era muy agradable ir pisando las hojas caídas. Le dije lo mucho que me había gustado
su conferencia, que estaba repleta de sugerencias,
que hacía pensar. Pero él no se sentía satisfecho
porque algunas personas de la primera y quinta
filas habían estado distraídas. Habían hablado entre
ellas y se habían sonreído. Quise tranquilizarlo di-
ciéndole que esa conducta era la habitual en todas
las conferencias, en las clases normales y corrientes
del instituto y en las pocas misas a las que había
asistido. Nunca la atención era total. Sin embargo, Alien caminaba a mi lado preocupado. Íbamos
ligeramente cuesta arriba por una avenida que estaba bordeada de almendros y de casas rojas, de

las que salían a nuestro paso bestiales perros negros que en su furiosa acometida se estrellaban contra las verjas que nos protegían de ellos. Dejaba que Alien fuese por la parte de dentro junto a las verjas, porque a él los perrazos no lo intranquilizaban, sólo los oyentes desatentos del acto. Era bastante alto y a sus conferencias iba muy arreglado, con el pelo muy limpio y brillante recogido en la coleta. También le brillaban las cejas y el vello de los brazos y del pecho. Los dientes perfectamente blancos y la lengua rosa. En esas condiciones no debía temer abrir mucho la boca, ni que se le desabrochase la camisa. En las orejas se podía comer. Daba gusto ir al lado de un tipo tan aseado. Lo puse en la lista delante de Mister Piernas en cuanto a acicalamiento.

¿Piensas acompañarme hasta casa?, preguntó.

Quería decirte algo, consultarte más bien. Es algo delicado y que requiere mucha discreción por tu parte.

Te escucho, dijo distraído, recuerdo cuando eras un crío y te acercabas a mi mesa del Híper a darme la tabarra.

Bueno, si me escuchas, ahí va. Un amigo mío, ayer por la tarde fue casualmente por el lago, ya sabes. Alien asintió. Vio algo raro en el agua y se acercó. ¿A que no te imaginas lo que vio?

¿Una mujer muerta?

Me quedé de piedra. Los perros ladraban como locos a nuestro paso. Alien empezaba a sudar y jadeaba al hablar. Se paró un instante con la cara húmeda de sudor. Si seguía sudando así podía pasar en un momento de ser el más pulcro a ser el más cerdo.

¡Una mujer muerta!, repitió.

¡Sí!, contesté.

¿Y qué tiene eso de particular?

No te comprendo. ¿Es normal ir encontrándose cadáveres por ahí?

Otros no, pero éste sí. Cada cierto tiempo, pongamos una vez al año, alguien ve a la muerta del lago.

¿Es posible? ¿Cómo es que nadie me ha hablado de esto?

La policía recomienda a los que la ven que no se lo cuenten a nadie para que no los tomen por locos, aunque en realidad es para que no cunda el pánico y el lago no se convierta en un lugar maldito donde no dejen acercarse a los niños, esto podría devaluar la zona, las viviendas, las parcelas y los negocios. No le interesa a nadie.

¿Y la explicación? ¿O no hay explicación?

Sugestión colectiva. Es un lugar ideal para que se produzca ese tipo de apariencias.

Es mejor no dejarse tentar por las visiones, dijo. Recomiéndale a tu amigo que vuelva al lago, verá que no hay nada.

Nunca creí capaz a Mister Piernas de dejarse sugestionar por algo, ni de tener una psicología tan imprevisible. Un sujeto que no bebía ni fumaba, que salía a correr unos diez kilómetros diarios hecho una pera en dulce y que se tiraba a mi madre porque la tenía a mano en el gimnasio. Francamente me extrañaba que fuese él el elegido para ver a la muerta este año.

¿Tiene siempre el mismo aspecto?, le pregunté a Alien.

No, varía mucho. Son rubias, morenas, viejas, jóvenes, blancas, negras, asiáticas. Depende de la fantasía de cada cual.

¿Y cómo puede estar segura la policía de que no son reales?

Porque nunca aparece el cuerpo y porque sólo son vistas por una sola persona en cada encuentro.

¿Llamas a eso encuentro?

Sí, es el nombre más apropiado.

¿Siempre son vistas por hombres?

La gran mayoría de las veces, aunque se puede deber a que estadísticamente por allí van más hombres que mujeres.

Dejé a Alien a la entrada de los pinares y los chalets con grandes chimeneas de piedra algo ostentosas, por donde en invierno salían exageradas bocanadas de humo que formaban una nube grisácea sobre la zona. Apreté su gran mano mojada como despedida y deshice el camino pensando en lo que sabía y en la conveniencia o no de contárselo a Mister Piernas, incluso consideré la posibilidad de irme directamente a su casa, pero me detuvo la terrible sospecha de que también estuviera mi madre calzada con las zapatillas que reservaba para andar cómoda en aquel gallinero. Así que me dirigí directamente a casa. Por debajo del Híper, del Zoco Minerva, del futuro Centro Comercial

Apolo, de los Multicines, del parque —en que se concentraban los que iban desde los trece hasta mi edad rodeados de botellas de calimocho—, del griterío de los niños y de los pájaros, por debajo de la Pizzería Antonio con sus patatas rellenas de beicon, del recuerdo de la piscina comunitaria con olor a cloro y a césped machacado por los cuerpos semidesnudos, de los capós levantados de los coches de donde cientos de manos extraían miles de bolsas con la compra para la semana, por debajo estaba el lago y la muerte.

Encontré a mi madre muy nerviosa. Le di un beso y la llamé mamá, porque sabía que esa palabra la enternecía, para distraerla un momento de su preocupación por Mister Piernas.

Qué conferencia, mamá, te habría gustado. Alien ha hablado del amor.

¿Has oído algo?

Negué con la cabeza.

El pobre está desesperado. Hoy no ha salido de casa en todo el día. Tiene miedo de lo que le puedan decir, de lo que pueda oír.

No deberías preocuparte tanto, sólo es tu monitor.

Es una persona en un apuro, un amigo. No me gusta que la gente sufra.

Sufre porque es rematadamente tonto. ¿No te has dado cuenta de que no tiene cerebro?

Tuvo que tragárselo. Ya estaba bien. Aun así continuó:

De vez en cuando le da por decir que va a ir a la policía para acabar con esto, pero yo creo que a estas alturas lo único que haría sería liar más las cosas. Seguramente que ya habrá tenido que verla alguien más.

Dile que lo olvide. Sólo él la ha visto, sólo él sabe lo que ha visto. Por Dios, mamá, haz la cena.

Dejé ahí la cosa porque me parecía justo que tanto él como mi madre sufrieran un poco. Días de incertidumbre, de temor, de pasar de largo ante los estrenos de los Multicines, de no prestar atención a sus respectivos atuendos deportivos, de arrancar el coche sin darse cuenta de que hacía un ruido raro. Volví a concentrarme en Tania, a desear encontrarme ante la puerta del Veterinario, tras la que estaba el cielo tal como había imaginado que sería el cielo, o sea, con Tania allí y un rumor próximo, pero no presente, de gatos, perros y pájaros. En el cielo todos teníamos un sitio, había un orden: el Veterinario en su consulta, Marina en las profundidades de la casa como un pez en las profundidades del mar, Tania conmigo en el salón o en el jardín y Eduardo solo ante el ordenador o el futbolín. Me puse mi mejor equipo y corrí hacia el cerro.

A los adolescentes nos definía más el futuro que el presente, más lo que íbamos a ser que lo que éramos, más lo que nos esperaba que lo que ya teníamos. Eduardo y yo íbamos a ser universitarios, él un genio, y yo uno del montón. Pero por ahora aún estábamos inmersos en nuestra vida conocida. Cogíamos el 77 todos los viernes y sábados para ir a Madrid. Una vez allí solíamos acercarnos a Moncloa en el metro. Moncloa, Argüelles, los bulevares, más o menos no salíamos de estas zonas. En cualquiera de ellas nos encontrábamos siempre con la misma gente, las mismas chicas que llegaban de los alrededores como nosotros, compañeros de mi instituto y del colegio privado de Edu. Cuando se encontraba con ellos, se ponía más tenso y mordaz que nunca, bebía en exceso y al final tenía que arrastrarlo como un fardo hasta un taxi, y luego cuidar de que no echase la vomitona en el bus, porque en el bus regresábamos apiñados como sardinas y si no tenías la suerte de sentarte, podías literalmente echar el hígado por la boca, así que en estos casos en que Edu estaba completamente pálido, con el pelo mojado como un pobre pollo, patéticamente sudoroso y con la mirada ida, tenía que buscar algún hueco en que le diera el aire o pedirles a los que iban sentados en los escalones de la puerta que le cedieran el sitio bajo la amenaza de que si no podía echarles la papilla encima. Y al llegar tenía que meterlo en mi casa y tumbarlo en el sofá con la cabeza colgando hacia el suelo por si acaso. Introducía un aire de caos que no me agradaba nada. Me gustaba alterar lo menos posible el delicioso ambiente que nos dejaba la asistenta. No quería por allí ni a Edu ni a Mister Piernas, y si me apuran, ni a mi padre.

Por la mañana le daba un café, le entregaba los pantalones, que no sé cómo se quitaba durante la noche y que tardaba un buen rato en ponerse, exhibiendo por la cocina, salón y baño sus slips azules de niño pequeño y las piernas blancas y sin vello con algo de músculo en las pantorrillas, gracias a la bici que le había obligado a hacer. Insistía en ducharse en mi baño y en que pasásemos el resto de la mañana juntos, pero yo le convencía de que era infinitamente mejor que se duchase en su casa donde disponía de ropa limpia para cambiarse a continuación, lo que era muy agradable para la piel, y que luego ya nos llamaríamos. Siempre estaba loco por quedarse en mi casa y con este propósito le hacía la pelota a mi madre de manera vergonzosa, pero él sabía que las invitaciones de mi madre no contaban porque yo era muy capaz de echarle con cajas destempladas. Mi casa era mi casa, no era la calle, ni la vereda de álamos, ni el solar, por eso tenía paredes y puertas y cerrojo y olía a productos de limpieza con limones o pinos de los Alpes o nieve inmaculada.

Nuestro chalet pertenecía a la primera promoción de viviendas de la urbanización poco antes de que se dispararan los precios. Construyeron al mismo tiempo el Zoco Minerva, el Híper y unos dos mil chalets adosados, pareados e individuales. El nuestro era pareado, o sea, algo intermedio, algo ni tanto ni tal calvo, como decía mi padre. Estaba unido al de Serafín Delgado Monje, según ponía en el buzón porque hasta bastante tarde no llegamos a llamarnos por los nombres. Fue la última de una serie de personas que habían comprado y vendido aquella casa. Vivía solo y lo primero que hizo fue levantar un muro junto a las arizónicas que separaban nuestros jardines para individualizarlos más, lo que nos pareció muy bien porque también nosotros éramos muy celosos de lo nuestro. Después lo levantó un poco más y a continuación trajo un perrazo negro que enseñaba los colmillos con gran facilidad y al que mi madre me tenía prohibido acercarme, algo completamente innecesario porque yo ya tenía mi perro, *Hugo*. No había ninguno como él, tan peludo y con los ojos tan brillantes y la lengua tan rosa.

Un día le ayudé a sacar unas cajas del coche y a meterlas en el garaje. El perro me siguió en todos mis movimientos, parecía que me imitaba, y cuando el vecino me pidió que esperara un momento y se marchó dentro de la casa y nos quedamos el perro y yo en el garaje no moví ni un músculo. Cuando salió con un billete de mil pelas en la mano y me vio la cara, me dijo sonriendo:

Pero si no hace nada. Desde entonces, al coincidir, teníamos la costumbre de decirnos hola y adiós. Estaba deseando que me pidiera algún otro favor para que luego me diera mil pelas, pero no volvió a hacerlo. Yo siempre estaba en la bici, era la época en que prácticamente iba acostado sobre ella como Induráin en las cuestas.

La vida del vecino parecía muy extraña y eso la hacía interesante. Durante varios meses hubo mucha actividad nocturna en la casa. Coches que aparcaban en nuestra estrecha calle. Portezuelas que se cerraban. Todas las luces de la casa encendidas. Música mezclada con ruidos. Mi madre me advirtió que a mí no me interesaba lo que ocurría al lado. Y procuré desentenderme de aquel ajetreo, pero siempre había algo que atraía mi atención como los sucesivos cambios de coche del vecino. Cada vez más grandes, más lujosos. Mi padre dijo que con toda seguridad se dedicaba al trapicheo o a negocios por el estilo. Unos jardineros le removieron toda la tierra, tiraron las plantas que había y plantaron otras. Las flores salían de la furgoneta de los jardineros en grandes macetas y en alegres ramos de colores. Carretillas de tierra y piedras para formar rocallas. Trajeron una fuente de preciosos azulejos azules. Deben de estar preparando un jardín de ensueño, decía mi madre. Pero no podíamos verlo a través del muro.

También era normal que desapareciese durante meses. Entonces alguien venía por la noche a darle de comer al perro, a sacarle a pasear y a arreglar el jardín y la casa. Si uno era delicado para dormir o dirigía hacia allí la atención podía ser desagradable el hormigueo nocturno contiguo. Pero mi madre no me consentía quejarme: A ti no te importa lo que hagan en la casa de al lado, duérmete. Así que me acostumbré al ritmo de mi vecino y a los ladridos desesperados de *Ulises,* el perro, que trataba de salir por la rendija que quedaba abierta entre la puerta metálica del jardín y el suelo; por allí asomaban temiblemente las patas y el hocico negros. En realidad él no debía de ver casi nada y se desesperaba ante los ruidos ciegos del exterior. Las raras ocasiones en que oí hablar a su dueño fue para llamarlo: ¡*Ulises,* ven aquí!

No solía encontrármelo en ningún lugar público de la urbanización. Hacía la vida en Madrid o donde quiera que fuere. Hasta que una tarde de verano, cuando yo tenía dieciséis y sacaba a pasear a *Hugo* por la vereda de álamos para hablarle de Tania, me lo encontré con el fiero *Ulises* sujeto por la correa.

Le dije a *Hugo:* No te acerques a ése. Quiero que corras detrás del palo que te voy a tirar. ¿Okay?

Los ojos negros y brillantes de *Hugo* siguieron la trayectoria del palo entre cristales que caían de las hojas de los álamos. Me volvía loco su carita, su lengua colgante y contenta. Estiró las patas y la gran bola de pelo gris se disparó hacia el objetivo, sólo que *Ulises,* de colmillos goteantes, se soltó y también se lanzó en la misma dirección. El vecino y yo nos miramos y salimos corriendo detrás de

ellos. Cuando logramos llegar ya se habían enzar-
zado porque *Hugo* no se resistía a que aquel cabrón
se llevase su palito. Los separamos y yo le arreglé
el pelo a *Hugo*. Y el vecino le sacudió en el morro
a *Ulises*.

Me dijo: Tú eres mi vecino ¿verdad?

Asentí.

Creo que hace nada eras así —se señaló a la
altura del pecho— y siempre estabas dando vueltas por la calle en la bici.

De eso hace ya mucho, dos o tres años.

Para ti es mucho, para mí fue ayer.

También dice eso mi padre.

¡Ah! ¿Sí? Pensaba que sólo yo me hacía
viejo.

No me parece que sea usted viejo, ni tampoco mi padre.

Entonces tutéame. Llámame Serafín.

Y nos quedamos mirando alrededor, a los
otros perros y cómo la tierra se iba ensombrecien-
do mientras que en el cielo había un resplandor
plateado que cegaba.

No llegué a tutearle, pero este episodio en
la vereda con nuestros respectivos perros nos unió
un poco. Me complacía verlo y charlar con él un
rato porque, aunque yo desapareciese por completo de su vida cuando se marchaba fuera, en la mía
siempre quedaba su casa llena de ruidos y su jardín con olores que no tenía el nuestro, el sonido
del agua de la fuente, los ladridos de *Ulises*. En fin
sus cosas estaban más tiempo en mi mundo que
en el suyo.

Por eso su figura lejana y mundana resultaba tan extraña y fuera de lugar en las familiares tardes de los niños, los perros y el ruido de las taladradoras caseras.

Creo que *Uli* reconocía cuándo yo salía al jardín porque emitía un quejido como los que solían llenar la consulta del Veterinario y que por eso interpreté como una llamada de auxilio.

Pobre animal, decía yo pensando en *Huguito*.

Ya te he dicho mil veces que no oyes ni ves lo que ocurre al lado ¿de acuerdo?, decía mi madre.

Aun así yo había cogido la costumbre de arrojarle por encima de la valla entre las arizónicas trozos de pan, galletas, lo que estuviese comiendo en ese momento. Y cuando lo que fuese caía al otro lado, él soltaba un solo ladrido fuerte y bronco. De nada, decía yo. Y a continuación pensaba: ahora lo está oliendo y ahora se lo está comiendo.

Edu me preguntó si había ido a verle a él, a Tania o a *Hugo*.

Respondí: A los tres.

Si quieres le digo a mi hermana que has venido.

Asentí con la cabeza. Seguía impresionándome la posibilidad de que al llegar a la casa del Veterinario Tania saliera de las remotas sombras del interior y viniera a mí, que su imagen se materializara en mi presencia.

Me das pena, dijo. No ves más allá de tus narices.

Nadie está libre de dar pena y de ser compadecido, tampoco yo, así que ¿cómo podía estar seguro, después de oírle, que no había algo en mí que inclinaba a la compasión?

Me sorprendió la voz de Tania: ¿De qué habláis?

Eduardo dijo: No puedo aguantar aquí ni un segundo más.

Tania observó su peculiar seriedad triste.

¿Te ocurre algo?, le pregunté.

Sí, me gustaría que hablásemos en el cenador.

Nos sentamos en el lugar central del cielo, en el trono por así decirlo. Hacía bastante fresco. *Hugo* estaba con nosotros mirándome y moviendo el rabo.

Le dije: Mañana te voy a llevar a pasear.

Tania hundió la mano en el pelo lanoso y dijo: Voy a casarme.

No sé por qué uno se empeña en mantener siempre la entereza y en que no se le note la debilidad, sobre todo cuando ya no importa lo que puedan pensar de ti, como era mi caso.

Dije: No me lo esperaba.

En realidad yo tampoco.

La contemplé del mismo modo que al misterioso firmamento porque no entendía que a uno puedan sorprenderle sus propios actos conscientes. ¿Será verdad que llevamos escrito nuestro camino y que nada nos puede apartar de él? Le cogí una mano y dije a la manera de Alien:

No importa que te equivoques o no. Es algo que nada más afecta al futuro, y el futuro ahora mismo no está aquí, no existe.

Dijo: Te admiro, quiero decírtelo. No he conocido a nadie que a tu edad sea como tú.

Yo tampoco he conocido a nadie como tú, de verdad.

Era un hecho que nos habíamos puesto tiernos con una ternura dolorosa para mí porque era una ternura fraternal, pegajosa, esa ternura que no conduce a besos, abrazos y demás, sino que se queda contenida en sí misma debilitando lo que encuentra a su paso. Me aproximé a ella y pasé mi mejilla por la suya. Nunca la había tenido tan cerca, ni siquiera cuando la abracé, nunca la había olido, el pelo me rozó la frente, era otro mundo. Puso las manos en mis brazos y le rocé los labios con los míos. Ella me separó suavemente. Dijo:

Siempre seremos amigos.

Claro, dije yo.

Estoy preocupada por Eduardo. Ahora se quedará solo con mis padres. También estoy preocupada por mi madre, que se quedará sola con Eduardo y mi padre.

Se me pasó por la cabeza que tal vez Tania se casase para huir de tanta soledad.

¿Te casas con el que te lleva veinte años?

Asintió con la cabeza.

Ya lo conocerás. Es muy interesante. A todo el mundo le resulta muy atractivo.

No quería conocerle ni que ella se casara, como cuando era pequeño y no quería que hiciera frío ni que mi padre ya se hubiera marchado al levantarme para ir al colegio.

Siento mucho que te cases, dije.

Prométeme que vigilarás a Eduardo. Eres su mejor amigo. Él confía en ti y yo también.

Eché un vistazo a todo lo que me rodeaba para retener el momento.

Es mejor que entremos, dijo, y en lugar de besarme en la mejilla lo hizo en los labios, dando por hecho que nuestros besos en los labios eran puramente amistosos.

La interna me preguntó si me iba a quedar a cenar, y a continuación entró Eduardo, cuyo gesto contrariado se expandía por todo el salón. Y después los cuatro, Edu, Tania, la interna y yo, nos quedamos mirando cómo Marina avanzaba hacia nosotros en camisón. El pelo rubio y ondulado le caía hasta los hombros. Las bragas y los muslos se le transparentaban y desvié la vista de esa zona. La deposité en la cara para no ser descortés y no dejar de mirarla por completo. Parecía buscar algo con la vista por la habitación. Dijo:

¿Ha llamado?

Ante el mutismo de Edu y Tania —el mío no contaba— habló la interna:

No, señora. No ha llamado nadie en todo el día.

Tania dijo: Por favor, mamá, deja de pensar en él. Ya sabes que nunca le ocurre nada.

Volverá como si nada, dijo Marina. Ya sé que no le pasa nada.

Y se puso a llorar.

Si lloras, me marcho yo también, dijo Edu. Pero yo me marcharé para siempre.

Tania me dijo en voz baja con sus labios que no tenían nada que ver con lo que ocurría allí, con labios que descansaban en una playa ardiente:

Hace dos días que no sabemos nada de mi padre. No es la primera vez.

No se me ocurría ninguna justificación, no dije nada. Para mí la vida del Veterinario era casi tan misteriosa como la de mi propio padre. Dije que tenía que marcharme. No quería tanto a Tania como para permanecer en aquel ambiente. Al cerrar la puerta negra con la placa dorada fue como si me hubiese despertado: el aire fresco, el lejano tráfico de la autopista. La marquesina del bus, gente normal que renegaba del servicio, las luces extendiéndose como un mar de estrellas. Me habría gustado que en este mundo real también hubiera existido la boca de Tania cerca de la mía.

Mi madre disfrutó mucho con lo que le contaba.

Así que dos días, dijo con una de sus miradas más alegres.

Pobrecilla, dijo. Debe de estar pasando un infierno.

¿Dices que salió en camisón? Pobre mujer. Cada día está más fea.

Para ver hasta dónde llegaba le conté que la interna me había invitado a cenar y que a Marina la llamaba señora con auténtica veneración.

Cuando vinimos a vivir aquí, aún no andabas. Te llevaba en la sillita a todas partes. Me pasaba horas y horas en el Híper dando vueltas para que te distrajeras. Las dependientas te conocían y te daban caramelos, pero yo disimuladamente te los quitaba porque no quería que fueras un obeso.

Me quedé esperando a que terminara, a que enlazara de algún modo este discurso con el mío. Pero aquí cortó la conversación, se puso un delantal sobre las mallas y comenzó a hacer unos huevos revueltos. Mientras los hacía, soltó una risita. Entonces le dije:

Tania, la hermana de Eduardo, se va a casar.

Bueno, ¿y a ti qué?

Me encogí de hombros. De pronto la visión de la bici estática en el salón, frente a la tele, me reconfortó. Los gemelos pronunciándose bajo las mallas de mi madre. Puse música. Sacó una botella de vino de mil pelas y dos copas.

Eres el chico más guapo del mundo, dijo.

Me reí mucho porque necesitaba que algo del estómago saliese por la boca y no al revés. Ella también se reía con ganas. En casa del vecino comenzó el ajetreo de la limpieza nocturna y esporádicos ladridos de *Ulises*.

Hoy empiezan antes, dijo mientras continuábamos riéndonos, la copa de su majestuosa cristalería en la mano alzada brillando bajo la luz granate.

Ya no sabía si seguir haciéndome el encontradizo con Tania. Desde que sabía que se iba a casar había dejado de interesarme un poco por ella y también por el pobre *Hugo*. El pobre *Hugo* era el ser que más pena me daba porque vivía en una casa de distraídos detrás de los que se arrastraba sin que le hicieran caso, y esa imagen me desagradaba. Procuré centrarme en los estudios y en el deporte. Incluso alguna vez, cuando a Mister Piernas se le pasó el miedo, volví a correr con él. Nos lanzábamos contra el frío, en dirección opuesta a los coches que se precipitaban junto a la vereda. De su boca salían chorros de humo blanco, avanzábamos cuesta arriba a grandes zancadas, el suelo iba desapareciendo a nuestro paso. Sin poder remediarlo todavía mencionaba el asunto de la muerta del lago, le extrañaba tanto no haber oído nada, que nadie la hubiese visto, que nadie hubiese dicho nada. Le podría haber tranquilizado con tanta facilidad, le habría devuelto una cierta alegría perdida, algo de su antigua inocencia.

Me asusta la idea de que sea tan fácil desaparecer. Alguien puede estar buscándola. ¿Cómo puede pasar inadvertido algo así? No sé si me entiendes.

Me hago cargo, dije.

Mis frases aún no podían ser tan largas como las suyas. Si hablaba, me ahogaba enseguida, no sabía respirar tan bien como él. Al principio ni siquiera veía lo que me iba encontrando por el camino, fase ya superada porque ahora saludaba a los conocidos con la mano y era capaz de apreciar las tonalidades de los árboles que iban quedando a los lados, cada vez a mayor velocidad, y también de fijarme en los carteles de chalets en venta y en los que anunciaban nuevas construcciones. Mister Piernas con la vista al frente se limitaba a dejarse admirar y a parlotear conmigo o con el móvil que llevaba siempre encima. En algún momento tuve la impresión de que era con mi madre con quien hablaba, lo que me obligaba a retrasarme o a pasarle para no oír ni una sola palabra. Imaginaba, sin ánimo de imaginar, que hablarían del gimnasio, de las pesas que levantaban, de si yo me habría dado cuenta de algo, de cómo verse sin que nadie se enterara, tal vez mi madre le contase episodios de su vida anterior a la urbanización, cuando trabajaba como una esclava en la clínica dental del doctor Ibarra.

Metida en una impecable bata blanca hacía de todo: limpiezas bucales, ayudante del doctor, recepcionista y contable, de modo que casi no tenía tiempo de pisar la calle y le entraban irreprimibles ganas de llorar. Se puede decir que un día mi padre pasó por allí y se casaron. ¿Se habría casado mi madre sólo para disponer de tiempo libre? ¿Siguió teniendo ganas de llorar después de abandonar la clínica? Ni siquiera esperó el tiempo reglamentario para que se le liquidara lo que le correspondía. En cuanto supo que podía salir de allí ya no pudo aguantar. Conservaba guardada la bata como recuerdo, y en alguna ocasión en que se había encontrado con ella al bucear en frondosas bolsas llenas de ropa pasada de moda, se la había puesto.

Lo sé todo sobre los dientes. Tendría que haberme decidido a estudiar la carrera y luego a abrir una clínica propia. Estaríamos forrados.

Pero serías una esclava de tu negocio, le decía yo para que no se torturase.

Eso sí, decía ella mientras doblaba la bata y la volvía a guardar con el resto del pasado.

A mí siempre me había gustado que me contara en especial cosas de aquella época anterior a mi venida al mundo en que ya existían una clínica, un doctor Ibarra con gafas de aro dorado, que siempre se estaba limpiando con un pañuelo blanco, y una chica joven que sin saberlo iba a ser mi madre. El doctor probablemente pertenecía a alguna organización religiosa y, aunque no era cura, debía de haber hecho votos de castidad porque jamás se le había visto con ninguna mujer, ni hablaba de ellas ni parecía que tampoco le fuesen los tíos. Una buena parte de lo que ganaba explotando a mi madre debía de ir parar a esa organización. Aunque sólo tenía treinta años y mi madre veintidós, la llamaba hija y siempre de usted. Acérqueme la anestesia. ¿Le ha dado hora? ¿Cómo está hija, ha pasado buen fin de semana?

Cuando se marchaba de viaje a algún simposio, y se quedaba sola en la clínica para hacer limpiezas y dar citas, mi madre tuvo ratos de felicidad. Se sentía dueña de la consulta y de los pacientes, el sol entraba a raudales por los grandes ventanales del piso, y la paz era total. El despacho del doctor con todos los títulos y diplomas enmarcados y colgados en la pared permanecía en penumbra y en silencio. El cuero del sillón conservaba su olor característico, un buen olor a valioso perfume que a ella le deprimía porque le recordaba el usted y los aros dorados de las gafas y toda aquella terrible formalidad que la empequeñecían en su bata abotonada hasta el último botón.

Espero que se encuentre usted a gusto aquí. No sé qué podría hacer si se marchase.

Así que sintió un explicable placer al comunicarle que sintiéndolo mucho tenía que dejarle porque se iba a casar. Él le preguntó si lo había pensado bien. Me parece usted muy joven, dijo. Y mi madre respondió que no había nada que pensar porque había encontrado a un hombre maravilloso, y en ese momento le pareció percibir cierto desconcierto en su mirada. Yo siempre había participado con entusiasmo de aquel momento de triunfo de mi madre. Entonces espero que sea feliz y todas esas cosas que se suelen decir, dijo el pedazo de cabrón.

Yo le había preguntado en una ocasión con algo de ingenuidad por qué le sentaba tan mal.

¿Qué esperabas de él? No era nada más que un trabajo.

Quería que me tratase como a un ser humano.

No sé, tampoco te trataba como a un perro. Y en ese instante tenía en la mente el comportamiento de Edu con el pobre *Hugo,* que no es que le pegase, pero tampoco lo sacaba a pasear, ni lo acariciaba, ni le hacía caso.

Le dejé la consulta empantanada. Que se joda, dijo, con un pasado actualizado que actualizaba su odio.

Si lo vieses por la calle, ya no lo conocerías.

Lo conocería, no te quepa duda.

Puede que ahora no use las gafas de aros dorados y que se haya quedado calvo.

Ya era bastante calvo.

Pues vaya tío.

Pero tenía unos brazos muy fuertes. No tenía problemas para sacar las muelas. Unas manos y unos brazos que quitaban el hipo.

Encontraba a Mister Piernas incapaz de que le interesaran estas cosas de mi madre, ni mucho menos de comprenderlas, pero en tanto tiempo necesariamente tenían que haber dejado de lado la rigurosa actualidad y tendrían que haberse referido a sus vidas pasadas, incluida la infancia, de la que siempre hay tanto que contar. Aun así, de tener que relatar ahora la mía, no se me ocurriría nada, como si mi niñez todavía no existiese. ¿Y si Mister Piernas, a quien tanto le agradaba darle al pico, le contaba la suya? Podría estar intoxicando a mi madre con su veneno sentimental.

Aunque me costaba trabajo imaginarlo recordando. Estaba casi seguro de que lo más lejano en su memoria era la muerta del lago. Su discurso siempre se refería al presente: En Semana Santa queremos ir a Sierra Nevada. Algunos no saben esquiar, pero como yo les digo, se aprende enseguida, y luego no se olvida, es como montar en bici. El problema son los equipos. Algunos se resisten a comprárselo porque no saben si les va a gustar esquiar. Los esquís y las botas se pueden alquilar, para el resto tendremos que ir cogiendo unos pantalones de aquí, una cazadora de allá. Nos las arreglaremos como podamos.

Le encantaba planear fines de semana con sus alumnos y alumnas, en los que casi siempre estaba incluida mi madre, y de los que no solía regresar muy entusiasmada, como si en estas excursiones no le hiciese mucho caso. Seguramente él no quería desaprovechar otras posibles oportunidades.

¿Por qué no te vienes a Sierra Nevada?, me dijo. También van algunos chicos de tu edad.

Le expliqué que me horrorizaba ir hecho un espantapájaros. O iba a la última o no iba. Ya estaba viendo sus majestuosas eses sobre la tersa blancura de la montaña. El mono flotando contra el aire azul y la pureza del cielo.

Sin un equipo decente no voy a ninguna parte, repetí.

No insistió, se quedó pensando quizá de dónde sacarlo. Yo a mi vez pensé que se estaba cansando de mi madre y que mi presencia en la estación de esquí le liberaría de ella. Me daba la impresión de que entre el regalo del equipo de footing, el traje de Nochevieja y un posible equipo de esquiar los motivos habían cambiado bastante. Me seguía alegrando no haberle revelado el secreto de la muerta del lago, que llevase sobre la conciencia algo que nada más podía compartir con mi madre y conmigo. Y para que no se le olvidara, de vez en cuando, sin venir a cuento y como quien no quería la cosa, le preguntaba si había vuelto a ir por el lago, y como ya me presumía negaba moviendo la cabeza con el gran peso de su única y limitada memoria.

Me puse para asistir a la boda de Tania el traje que nunca llegué a estrenar en Nochevieja. Por entonces ya había crecido todo lo que tenía que crecer y la ropa podía servirme para siempre, según pretensiones de mi madre que nunca se aplicaría a sí misma.

La ceremonia se celebró en un castillo a varios kilómetros de la urbanización en primavera, y me quedé muy impresionado cuando la vi así vestida al lado de aquel hombre de pelo canoso que parecía su padre, pero un padre muy distinto al Veterinario y al mío, un padre que no parecía un padre. Ninguno de los padres que yo había conocido era como él.

Tania me presentó como un amigo íntimo, un amigo que ella quería mucho, y él me miró desde el planeta de las corbatas de seda y los trajes hechos a medida. Además tenía ojos grises y fríos y unas facciones que no se habían contraído en sonrisa desde hacía por lo menos diez años. Se notaba que había hecho un hueco entre dos reuniones para pasar el trámite que le permitiría llevarse a Tania. El resto no contaba. Yo no era nadie, y el Veterinario, que podía levantar un perrazo en brazos sin inmutarse y además salvarle la vida, era nadie. Marina iba cogida de su brazo. Las flores y las hojas de los árboles se le reflejaban en los ojos. Estaba hermosamente fantasmal, extraña, el castillo parecía su morada natural.

Eduardo dijo que no soportaba aquella situación por más tiempo. Me va a dar algo, dijo. Llevaba un traje casi como el mío, también negro, sólo que sin vuelta en los pantalones. El pelo de tan brillante le caía en las solapas como chorros de oro.

¿No te parece algo pretencioso este sitio?, dijo.

A mí me gusta, dije. Está cerca de la urbanización y es bonito.

Aún no he visto ninguna boda que no tenga algo de ridículo, dijo mientras el sol se estrellaba en sus gafas negras.

¿Crees que Tania será feliz?

Es un gángster ¿no te has dado cuenta? Mi hermana siempre ha querido ser la chica del gángster.

Cada vez veía mi sueño, entendiendo por mi sueño a Tania, más lejano, más irrealizable porque su sueño no había tenido nada que ver conmigo.

Su sueño era rico, tenía un impresionante Mercedes negro, un chófer y un secretario con algo de guardaespaldas. Yo ya sabía que por muchas vueltas que diera la vida jamás sería como él.

Debe de estar forrado, le dije a Edu.

Creo que no voy a tener que trabajar nunca. Me voy a dedicar a ser su cuñado. Se ha tomado en serio lo de que soy superdotado. Tengo la vida resuelta.

Volví a mirar al gángster. Durante este rato se había intensificado. Había crecido sobre sí mismo. Él, su secretario-guardaespaldas, su chófer, su coche, posiblemente su yate, su lujosa casa, su dinero en el banco, sus negocios, sus teléfonos para hablar de negocios, sus socios, sus reuniones, su prisa. ¿Cómo se conseguía todo eso? ¿Cómo se va a la luna? Tania ya estaba en la luna con él, pero aún me consolaba esta última pálida imagen de pelo suavemente castaño, retenida en el mundo de todos los días.

La casa donde van a vivir en México es tan grande como el castillo, dijo Edu.

También tiene un yate con el que va y viene, caballos, perros, en fin tiene muchas cosas. Me encanta emparentar con él.

No es un tío simpático, dijo. Cuando le hablas, de entrada te mira como si fueses a decir una estupidez. Pero si no es una estupidez se queda con ello. Sabe valorar a la gente. Quiero decir que enseguida te pone un precio.

¿Y a ti ya te ha puesto uno?, pregunté.

Asintió.

Estoy a punto de saber lo que valgo.

No sé, dije, creía que la gente con poder no tenía aspecto de tener poder. En las películas pase, porque cada personaje tiene que tener pinta de lo que es, pero en la vida real las personas parecemos una cosa y luego somos otra, no tenemos que representar lo que somos, no tiene gracia.

Él es un gángster y parece un gángster. Tú pareces un chico de clase media que va al instituto, y yo parezco bastante inclasificable y lo soy ¿o no?

Nada más pareces un chico de clase media, no te engañes. ¿Qué te crees? ¿Qué crees que pareces? Eres como yo.

Por poco tiempo, dijo.

El traje gris de su cuñado se alargaba sobre el césped del castillo y abría un surco en la claridad del día.

Nos diferencia la ambición, dijo refiriéndose a él y a mí.

Sólo vas a ser uno de sus esclavos. No te hagas ilusiones, dije sin estar convencido, temiendo quedarme solo a este lado de la vida.

Así que ya se ha casado, dijo mi madre nada más entrar yo por la puerta. Mister Piernas se levantó del sofá, me extendió la mano y me la apretó agradecido. Pensé con triste rencor que lo acababa de liberar de mi madre.

¿Vas a venir por fin con nosotros a la nieve? Te he traído un equipo.

La ansiedad de los ojos de mi madre me hundía.

Gracias, pero no voy a ir, dije.

Me fijé en un paquete junto a la pared.

¿No quieres verlo?, dijo él.

No, de verdad. Sería una tontería desempaquetarlo para volver a empaquetarlo.

No tendrías que devolverlo. Es mío. De hace dos años.

No estoy animado a ir, en serio.

Mi madre interrumpió: ¿Y cómo es el novio?

Tendrías que verlo, dije, parece que ha salido de una de esas películas que ves en la tele después de comer.

¿Es rico?

Tiene chófer y guardaespaldas. Lo demás te lo puedes imaginar.

Vaya, con la mosquita muerta.

¿Lo dices por Tania?

En el fondo es como ella, se refería a Marina. Se las ingenian para no dar ni golpe.

Me hubieran tenido que torturar para decir lo que estaba pensando, que tampoco ella daba mucho golpe. Y no lo diría porque una de las cosas que más me agradaba era que mi madre pensara que hacía algo, verla satisfecha. No sentía una especial admiración por la gente muy trabajadora. Desde muy pequeño estaba acostumbrado a gente que, en el caso de que trabajase, o sea, recibiera un dinero por lo que hacía, no tenía un verdadero trabajo. No era capaz de tomarme en serio las clases de Mister Piernas, que le servían para estar exhibiéndose durante todo el año, hiciese frío o calor. Ni siquiera las operaciones del Veterinario eran auténticamente arriesgadas porque no es lo mismo abrir a un perro que a un hombre. Los cursos de Alien en la Casa de la Cultura, sus investigaciones, eran pura fantasía, y el trabajo de mi padre, tal vez el único real, permanecía invisible para nosotros, estaba al final de la autopista, como el gángster, como México, como Tania.

En verano además de no aprobar la selectividad mi padre nos comunicó que ya no iba a volver por nuestra casa y que de ahora en adelante sería mejor que fuese yo a visitarle a la suya. Le escribió una carta a mi madre, y mi madre después de leerla la arrugó en el puño y la tiró contra la chimenea como en las series de televisión. Después se sentó en el sofá y se pasó las manos por las mallas.

¿Qué vamos a hacer ahora?

Yo recogí la carta y me senté junto a ella. También como en las series le pasé el brazo por los hombros. Le dije:

Lo que hemos hecho siempre. Para lo que estaba con nosotros.

¿De verdad crees que podremos seguir como siempre?

Claro que sí, nos las arreglaremos.

No comprendo por qué ha hecho esto. Lo tenía todo sin tener que dejar nada.

Pero ya sabes lo que pasa, dije yo.

Y durante unos segundos permanecimos en silencio.

Hasta ahora no nos ha faltado de nada, dijo.

No creo que nos deje tirados.

No sé qué decirte, tampoco pensaba que se atreviera a esto.

Y a continuación se me ocurrió la mayor tontería de mi vida, preguntarle si todavía lo quería.

¿Quieres aún a papá?

Se me quedó mirando de un modo alarmante. Con los ojos fijos en los míos, pero sin verme, o peor, viendo algo que a pesar de estar en mis propios ojos yo no sabía.

Mamá ¿qué te ocurre?

No me contestó ni en ese momento ni durante los dos días siguientes. Las copas de los árboles arrojaban sobre las ventanas claroscuros. De los baños salía olor a pinos de los Alpes suizos, los zapatos crujían en el piso recién encerado, en la cocina apenas había provisiones, salvo las pizzas que yo suministraba. Los niños iban y venían de las piscinas con las toallas al hombro, los pájaros se protegían en las sombras, y yo debía prepararme a fondo de cara a los exámenes de septiembre. Pero parece ser que nada de esto contaba para mi madre. Así que el último día entré en la habitación y le dije:

Se acabaron las tonterías. Tienes que saber que según están las cosas da verdadero asco estar en esta casa. Me marcho.

Espera, dijo ella, he estado recordando y pensando.

¿Y has terminado?

Sí, ya está todo recordado.

Pues entonces vámonos a la cafetería del Híper a cenar. Te invito a lo que quieras.

Según íbamos hacia allá la noche era muy alegre. De los jardines salía música y olor a carnes a la brasa y a sardinas asadas. Entonces dijo:

¿Crees que será feliz?

Qué más da, contesté.

No, no da igual. Quiero que sea feliz. No quiero estar preocupada por él.

Nos sentamos junto al ventanal que da al aparcamiento, a estas horas bastante desprovisto de coches, pero con motos y chicos y chicas apiñados en distintas pandillas. Algunos niños, cuyos padres estaban dentro como nosotros, correteaban enloquecidos. La luna era grande y amarilla y tras ella colgaba la gran cola de luces de nuestra urbanización. Una brisa oscura balanceaba las ramas de álamos, sauces y pinos que yo había visto desde que tenía uso de razón. Me entraron ganas de decirle que la quería, pero me contuve porque se estaba muy bien sin llegar a decir esas cosas.

Papá se encuentra perfectamente, dije, ¿qué te hace pensar que no? Hace lo que quiere.

Tu padre nunca ha sabido lo que hacía, pero tenía algo seguro que era esta casa, nosotros. Al final siempre tenía que venir aquí, hablar conmigo, verte a ti. Te quiere mucho. Aunque nos deje, estoy segura de que te quiere.

Mamá, por Dios, eso es lo de menos. Hay que hablar con un abogado. No puede lavarse las manos. A ti te debe mucho.

He ahorrado un poco y tal vez me busque un trabajo.

Espera, no nos precipitemos. No vamos a cambiar nuestro estilo de vida de la noche a la mañana.

Me reconfortó ver a Alien entrar por al puerta y repasar las mesas con su mirada penetrantemente negra que lo hacía tan espiritual. Le hice una seña con la mano.

¿Por qué llamas a ése?, dijo mi madre. No tengo ganas de hablar con nadie.

Se sentó a nuestra mesa.

Mi madre tuvo fuerzas para decir que yo siempre le había hablado maravillosamente bien de sus cursos.

Me hubiera gustado poder asistir a tus conferencias sobre el amor, dijo tristemente.

Alien se pasó la mano por la coleta.

Tal vez las reúna en un librito, dijo.

Pero ya no será lo mismo, dijo mi madre sobre el fondo de estrellas y luces del ventanal. Fran dice que hipnotizas al público.

Y de pronto comprendí que Alien podría ser el sustituto perfecto de Mister Piernas. Porque Mister Piernas hacía ya algún tiempo que había dejado de interesarse por mi madre y por mí. Nunca se paraba, se limitaba a hacerme un gesto de saludo cuando nos encontrábamos corriendo. Y mi madre regresaba abatida de las sesiones en el gimnasio, quejándose de que no la tratasen como debían. La asistenta decía que en el Gym-Jazz no se merecían tener a alguien como mi madre, tan disciplinada y tan buena. Y encima mi padre la abandonaba. Y yo tenía que asistir a tan dramático momento. Aunque no en profundidad, sí que odiaba a mi padre superficialmente.

Mi padre nos acaba de abandonar, dije de pronto.

Mi madre se ruborizó, y Alien la miró del modo en que de pequeño el médico me escrutó la garganta y dijo que tenían que operarme de vegetaciones.

Tenéis que procurar poner orden en el caos. Es el momento en que debéis demostrar vuestro poder, vuestra portentosa mente que sabe analizar lo que ocurre y transformar la situación. No penséis como débiles humanos, encogidos y machacados por la contrariedad, dejad pensar y decidir a los dioses que también sois.

Ya, dijo mi madre.

Ahora lo que más nos preocupa es el dinero, dije yo.

La eterna canción, dijo Alien. Os diré un secreto que descubrí hace mucho: el dinero está en todas partes.

Nos encaminamos a casa en silencio. Atravesamos el parque salpicado de amontonamientos de jóvenes aclarados por la luna. El aire seguía balanceando sombras en un universo palpitante y caliente, lleno de estrellas, de sueños humanos y puede que también no humanos, pero sobre todo de dinero.

La persona más rica que yo había visto en carne y hueso era el marido de Tania, el gángster. Era comprensible que Edu tomase el rumbo fácil que le ofrecía su cuñado, y enseguida empecé a verle en un Audi y con trajes de lino que disimulaban su delgadez. Las gafas, el reloj y el cinturón eran de los que salían en los anuncios de la tele.

Antes de que me pudiera poner a pensar en sacar el carné de conducir, él ya lo tenía. Me lo enseñó plastificado, desplegado sobre la piel de una cartera Cartier. Pasé la mano por él como se pasa por una barandilla suave y brillante.

Así que ya estás metido en negocios, le dije.

Se encogió de hombros: No hago gran cosa. En realidad sólo tengo que estar localizable para cuando me necesita. No quiere que deje de estudiar.

Eso está bien.

He ido a la universidad a matricularme y no me gusta. Está llena de cretinos.

Me da la impresión de que vas a malgastar ese gran cerebro tuyo.

No sé, dijo, y bajó la vista hasta los zapatos de ante marrón. Luego la levantó hacia mí.

No creo que haya nacido destinado a hacer nada en particular.

Si Edu estaba perdido, yo también lo estaba y encima no era tan listo como él, ni tenía un padre a mi lado, ni un cuñado rico que me regalase lo que ni siquiera se me pasaba por las mientes poseer. Así que lo dejé según estaba, sumido en la reconfortante tortura de tenerlo todo. Era julio y el sol caía blandamente sobre sus zapatos, sus gafas y su traje claro, el pelo desaparecía en el aire dorado. Abrió la portezuela verde metalizada, puso la llave de contacto, y el coche empezó a desplazarse despacio. En serio que parecía un príncipe. Antes de coger velocidad me saludó con la mano. Y me quedé completamente solo porque todo el cielo con su esplendor de verano y el fresco sonido de los aspersores y el olor a mojado no sabían nada de mi madre ni de mí. La incertidumbre sobre nuestro futuro desaparecía dentro de la gran incógnita.

Al empezar a echar cuentas comprobamos que gastábamos mucho más de lo que sospechábamos. Los gastos generales de la casa, la asistenta, las excursiones de fin de semana de mi madre, la gasolina del coche, sus caprichos, los míos, mi infraalimentación en el Híper y en la pizzería del Zoco Minerva, ropa nueva, los exámenes del carné de conducir. Aunque mi padre nos pasara algo, era bastante difícil mantenernos sin trabajar.

Ha llegado el momento de cambiar de vida, sentenció mi madre, y se echó a llorar, lo que no era de extrañar porque llevaba años y años haciendo lo que hacía, y dejar de hacerlo suponía alterar su mente y su cuerpo. Me deprimía la idea de que tuviese que madrugar y obedecer a un jefe.

Creo que fue esa misma tarde cuando mi madre tomó una de las decisiones más crueles de su vida.

La urbanización se iba vaciando de gente. Ya no se veía a Mister Piernas ni a Alien, y una mañana dejé de oír los varoniles ladridos de *Ulises*. En la casa de los Veterinarios, bajo la placa dorada, habían puesto el letrero de cerrado por vacaciones. En la piscina comunitaria se estaba realmente a gusto aunque con la sensación de que los que nos quedábamos nos estábamos perdiendo algo en alguna parte.

En la urbanización habría unos quince mil habitantes, que amenazaban con multiplicarse en poco tiempo a la vista de las embarazadas que solían pasearse al atardecer por la vereda y de los carritos con recién nacidos con las piernecillas al aire, que un día no tan lejano se harían enormes y peludas como las mías. Al parecer había amainado la gran recesión en la natalidad que afectaba a la población en la época en que en mi clase de Primaria casi todos éramos hijos únicos. O no se tenían hijos o se tenía uno. Dos eran una excepción. Por aquel entonces, en mi infancia más remota, en la urbanización no había jóvenes, sólo adultos y niños y casi ningún viejo, salvo los que venían de visita a ver a los hijos y a los nietos. Los inviernos eran más fríos quizá porque había menos arbolado y menos construcciones y muchas mañanas nos dirigíamos al colegio resbalando sobre una capa de hielo fina como el cristal. Bocanadas de viento helado procedentes de todos los horizontes, el de la sierra, el del bosque, el del cerro y el que se deslizaba hasta el lago entre los antiguos sembrados y el cielo.

Una de estas mañanas, rodeadas de gélida y triste intemperie, la Veterinaria le dijo a mi madre que no podía más, que ella no estaba acostumbrada al campo abierto, a no ver a su paso bancos, cines y cafeterías en los bajos de los edificios, que se iba a morir. Lo odio, dijo echando un vistazo a un cielo duro que se cernía sobre un campo duro y sobre la cruda solidez de nuestros chalets. Yo iba cogido de la mano de mi madre y Edu de la mano de la suya, y cuando mi madre dijo con voz tan desesperadamente fría como el entorno: Esto es lo que hay, eché a correr hasta la entrada del colegio, a apretujarme contra los abrigos que como el mío esperaban la apertura de la puerta que daba paso al olor que, aunque se ventilara mucho, dejaban nuestras cabecitas repeinadas con colonia y nuestros cuerpos bañados con jabones neutros y todos los olorosos artilugios con que pintábamos, escribíamos y borrábamos a lo largo del día.

La ropa también se impregnaba de aquel olor, que era el mío, pero potenciado de manera nauseabunda. Así que nada más entrar en casa por la tarde, en nuestro santuario de orden y fragancias, mi madre me decía: A bañarte. Y pisaba la alfombrilla rosa de rizo sobre el suelo brillante y me introducía en el agua caliente de un baño también brillante y jugaba un rato con unos ponis de goma con los que me gustaba jugar en el baño. Y cuando salía ya con el pijama de franela y las zapatillas de paño, la tele estaba puesta y la pantalla se multiplicaba en las cristaleras que daban al jardín. Y en el jardín todo estaba oscuro menos lo que alumbraba el farol que encendíamos al llegar la noche. Pero lo que alumbraba el farol estaba quieto y solo, como si nosotros no estuviésemos allí, y si lo miraba mucho me daba la impresión de que yo ni siquiera existía, de que nadie sabía que estaba allí, y que de un momento a otro mi madre, yo y las llamas rojas de la chimenea íbamos a empezar a girar muy lentamente por el espacio.

Aquí, a partir de las seis, la noche cubría los montes y los tejados, y las estrellas cubrían la noche. Y a lo lejos, muy lejos, las luces de Madrid se abrían como se abre un puño lleno de brillantes. Y pensaba que dentro estaba mi padre, siempre rodeado de luz.

En verano no pensaba, porque el verano pensaba por uno. La piscina. Los vecinos en pantalón corto y sin camisa dentro de los garajes abiertos. La bici subiendo y bajando la cuesta de mi calle sorteando los coches que circulaban por ella. El cielo azul sobre la marquesina roja de la parada del autobús y el solar sin construir y los árboles verdes y los chalets con o sin piscina, con o sin perro, con césped, y sobre los ladrillos de los que se estaban construyendo, sobre el cemento y las tuberías al descubierto. Y un poco de aire dorado en la cara de mi madre cuando se tendía en la tum-

bona a tomar el sol. Siempre era de día, y el griterío de los que eran como yo y los ladridos de los
perros se expandían por todo aquel territorio que
estaba fuera de los brillantes que caían del puño
abierto.

Enseguida mi amigo Edu, cuya casa formaba un triángulo con el Híper y el Zoco Minerva,
o sea, que era el tercer punto que limitaba mi mundo, fue diagnosticado como superdotado y enviado
a un colegio al que había que ir en autobús y de
uniforme. Continuamos siendo amigos y compañeros de juegos, tal vez porque sólo tenía un amigo
que era yo, pero ya habíamos dejado de ver exactamente las mismas cosas. Ahora había algo en él
que pertenecía por así decirlo al mundo de mi
padre, al que no era el mío, y eso me hacía pensar
que yo estaba en desventaja. A él la urbanización
nunca le había gustado demasiado, como a su
madre, que la odiaba, mientras que a mí ni se me
ocurría pensar que me gustase o me dejara de gustar. Era el mundo creado antes que yo. Sus edificaciones me eran tan anteriores como las pirámi-
des de Egipto.

La señal del cambio fue clara, abrupta, sin lugar a la duda: la antigua bata blanca de mi madre con su nombre bordado en el bolsillo, estirada sobre la cama. El doctor Ibarra la había vuelto a admitir como ayudante, secretaria y recepcionista. La vi doblarla cuidadosamente y meterla en una bolsa de Loewe. La vi salir de casa a unas horas de la mañana en que normalmente nos limitábamos a oír desde la cama cómo arrancaban los coches, cubiertos de hielo en invierno o de una fina y alegre capa de polvo en verano, de polen en primavera, de hojas en otoño. Faltaba aún bastante para que empezase la lluvia de hojas que acababa cubriendo la urbanización de cierta irrealidad, cuando comenzó el escucharla alejarse por la fila de baldosas que daban a la cancela y luego el motor del coche. Con ella se alejaba toda la rutina de una vida. Se alejaba mi niñez, mi adolescencia, lo que se me había dado sin que lo pidiera. Me encontraba muy deprimido.

Pensé en dos seres al mismo tiempo, en *Hugo* y en Alien. Y esa tarde en que lo pensé me encaminé a casa del Veterinario corriendo en pantalón corto y sudadera como antaño. Pero ya nada era igual. Aunque las cosas que me iba encontrando en el camino no habían cambiado, había cambiado su esencia. Y según subía al cerro y veía la mancha de chalets, negra por la pizarra y blanca por las fachadas, de la que formaba parte el del Veterinario, me daba cuenta de que estaba corriendo por el pasado, por lo que ya había ocurrido, por un cadáver. Así que a lo lejos, entre los árboles, se ocultaba la memoria de aquella casa a la que me dirigía.

A pesar de que era hora de consulta, la verja estaba cerrada, y no se veía, como era habitual, gente entrando y saliendo con perros y gatos. Ningún sonido. Un extraño peso la aislaba de lo que se movía a su alrededor, de lo que cambiaba con la luz, del ruido de existir. Ya no estaba en este mundo, bajo el sol de las cinco de la tarde, sino en una impresión de otro tiempo. Y noté, con una certeza posterior, que esta realidad también empezaba a ir saliendo de mí.

La puerta negra de la entrada se abrió lenta y pesadamente, y tras ella apareció Marina marcada por la ausencia de otras vidas. Como si Edu y Tania no se hubiesen llevado sólo su presente, sino también el de ella. El pelo largo y ondulado se deshacía en una palidez que nada más había visto en fotografías antiguas. Pulsó el timbre que abría la verja, y yo pasé sin cerrarla tras de mí para que se comprendiese mi intención de no quedarme. *Hugo* salió de las profundidades de la casa a mi encuentro ladrando y corriendo a trechos.

No hay nadie, dijo, incluyéndose con seguridad ella misma en la nada.

Ya, bueno. Sólo quería saludarles, dije yo completamente abrazado al perro.

Mi marido está cazando. Vendrá por la noche con todos esos bichos ensangrentados y muertos. No sé cómo se puede ser veterinario y cazador ¿tú lo entiendes?

El cenador estaba en la parte de atrás y pensé en esto, en el cenador y en que únicamente había que rodear la fachada para llegar a él. Pero sería el cenador sin Tania, sólo el cenador. Pregunté por Edu.

¿A qué hora llega Eduardo a casa?

Últimamente ni siquiera viene. Hace quince días que no lo he visto.

Ya, dije pensando que apenas me llamaba para que saliéramos juntos y para que luego lo arrastrara hasta casa pálido, sudoroso y con el pelo tristemente pegado al cráneo como antes. Seguramente no me necesitaba porque yo aún pertenecía a un mundo que ya había dejado de ser el suyo.

Marina me invitó a entrar y miró a su espalda, hacia un pasillo por donde se alargaba la profundidad de la infancia y adolescencia de sus hijos, y las mías, y las de todos los que habíamos crecido mientras también crecían los árboles y se proyectaban más centros comerciales, y nuestras luces se iban extendiendo como el fuego por un campo de mies.

Me gustaría darle un paseo a *Hugo.* Hola, *Huguito,* dije rascándole la cabeza.

Los ojos de azabache y la lengua rosa se mostraban anhelantes. El rabo se le disparaba en todas direcciones. *Hugo,* que ya era bastante viejo, era el único que no envejecía, quizá porque no tenía tiempo. Tampoco le variaban los gustos. Siempre había querido lo mismo, exactamente lo mismo para ser feliz. Sería el único que muriese sin haber ido andando hacia la muerte.

Marina me tendió la correa.

Le vendrá bien salir por ahí afuera. Yo no tengo tiempo de sacarlo. Ahora todo está a mi cargo, ¿comprendes? La responsabilidad de la casa, del perro, de la empleada, de todo esto, ¿comprendes? Todo sobre mis hombros.

Nunca había llamado chica o criada a la interna. Había tenido el tacto de llamarla la empleada. Era algo que me había admirado de Marina, su uso del lenguaje.

Cerré la verja, y *Hugo* y yo comenzamos a bajar del cerro a la vereda y aunque él se ponía loco cuando veía a los otros corriendo o una pelota volando por el aire, seguimos andando hacia el bosquecillo.

Nunca cambiarás ¿eh?, le dije, al tiempo que notaba que todo lo que permanecía igual se iba diferenciando de mí de un modo extraño, como si me separase de ello un tipo de cristal que aún no se hubiese inventado. Mi madre a esas horas todavía no había vuelto del dentista. Ni ella ni yo decíamos jamás que estaba en el trabajo, sino en el dentista o en la clínica. Y cuando por fin volvía se tumbaba en el sofá y me preguntaba cómo seguían las cosas por aquí, y yo me encogía de hombros. Y pensaba que en un año o dos toda su musculatura se volvería fláccida y ya no exhibiría sus potentes pantorrillas ni sus firmes mejillas. Y me daba pena mi madre futura tan separada de la del pasado. Alguna vez la asistenta se había quedado esperándola y al verla llegar de aquel otro mundo al que la vida la había lanzado sin desearlo ella, la había abrazado mientras le decía al oído que había dejado preparado un flan muy grande para que nos lo comiésemos mientras veíamos la película de la tele.

Mi padre a veces me llamaba por teléfono y me pedía que fuese a verlo a su estudio. Y la idea de que mi padre —a quien durante toda mi vida había visto llegar y marcharse vestido de traje y corbata— no viviera en un piso o en una casa o en un apartamento, sino en un estudio, me parecía extravagante y se me hacía más cuesta arriba visitarlo.

Esperé por los alrededores del lugar donde Alien solía jugar con su perro a que llegase. La tierra se ensombrecía según avanzaba entre los pinos, y el cielo se elevaba un poco más.

Este sitio lo aísla a uno ¿verdad?, dijo de pronto, cuando más distraído estaba, la voz de Alien a mi espalda. Su pastor alemán y mi *Hugo* se miraban. Anochecía.

Tenía la esperanza de encontrarte, dije.

Noté que le había halagado. Y también noté que se acababa de duchar y perfumar y que alguna parte del pelo estaba mojada. Y pensé que necesariamente a las mujeres les debía de agradar hacer el amor con un hombre tan limpio y tan corpulento y que sabía un montón de cosas que los hombres normalmente ignoraban o despreciaban. Ninguno de los que yo conocía se había molestado en elaborar una teoría sobre el amor como él, o de preocuparse de lo que se presentía pero no se veía. No es que yo creyera en esas cosas, pero no me parecían menos interesantes que todo lo demás. No se puede competir en ningún terreno con una persona con fe. Comenzamos a pasear despacio entre los árboles.

Han pasado muchas cosas, dije.

Me miró de arriba abajo y me dio una palmada en el hombro.

¿Nunca has subido al Nido?, dijo señalando el monte más cercano a nosotros.

Negué con la cabeza.

La altura es muy buena. Purifica la mirada, los pulmones, proporciona perspectiva.

¿Qué me estaba queriendo decir con esto? ¿Me estaba hablando en clave poética? Ir hasta el Nido y luego ascenderlo era lo que menos me apetecía del mundo. Tal vez lo hubiera hecho con Edu para verlo sufrir y ponerse colorado y apretar los dientes. Pero yo solo, me daba asco sólo pensarlo. Nunca he entendido los esfuerzos inútiles. Y daba la impresión de que tampoco le iban a Alien.

¿Tú has subido?

Negó con la cabeza: Si fuese tan joven como tú, lo haría.

Pero si no lo has hecho antes, ¿por qué ahora?

Porque estoy en el tiempo de la añoranza. La añoranza de deseos que no tuve. Ahora querría haber deseado subir a algún monte como ése y haber sido más ambicioso y haber amado como entonces no supe amar.

Es muy triste eso que dices, dije. Porque significa que ahora no quiero cosas que está en mi mano conseguir y que querré después.

Cuando ya sea difícil y casi imposible. Desperdiciamos nuestra capacidad de desear. Ahora mismo no soy capaz de tener y, por tanto, cumplir los sueños que me alterarán a los setenta años.

Pero si los realizaras ahora, no los tendrías luego, dije. Ya no serían sueños.

De eso se trata, de tener los menos sueños posibles. Porque los sueños, aunque parezca lo contrario, miran más hacia el pasado que hacia el futuro, sobre todo cuando ya has cumplido una cantidad considerable de años. Tenlos ahora, estás en el momento. Para ti aún no son peligrosos.

Busqué dentro de mí algún sueño y nada más encontré a Tania.

Sólo he tenido uno, dije.

¿Amargo?

Asentí, aliviado de que dentro de unos años ya no tuviera que tenerlo.

Es curioso, dijo, pero nada es verdaderamente importante hasta que no pasa a la memoria.

La memoria debía de ser como una especie de dios que tenemos en la cabeza y que hace que nos veamos desde fuera de nosotros mismos. Este dios me veía atravesando un solar oscuro y frío con mi madre para ir al Zoco Minerva, débilmente iluminado al anochecer. Y me veía sentarme con las piernas colgando mientras me comía una hamburguesa y mi madre hablaba con la dueña del local. Y veía la concreta sensación de entonces de que ellas, yo, todos los que estaban allí y los que dormían en sus casas y los que iban conduciendo por la carretera dábamos vueltas en la nada.

Entonces, escudado seguramente en la oscuridad, se me ocurrió preguntarle si él consideraba que era atractiva un poco de agresividad en el amor.

Quiero saber, dije, si a una mujer le gusta que la empujes contra la pared y le arranques la blusa, y si no tanto, que al menos, desde el primer momento, note todo tu cuerpo contra el suyo y los dientes en los dientes, la lengua en la lengua, creo que me entiendes. O si es mejor la aproximación a ella a través de besos cortitos en los labios y caricias en el pelo.

Mira, hazme caso, la técnica a piñón fijo es un error. El que trata a todas las mujeres igual está condenado al fracaso. Deja que ella te inspire. Déjate llevar. Entra en su juego. Disfruta de lo que tengas entre manos, aunque se aparte de tus expectativas. Sé creativo. Cada gesto, cada mirada, cada respuesta te conducirá milagrosamente por ella. Piensa que cualquier aspecto de su cuerpo y de su espíritu es interesante, no te limites. Lo contrario sería como entrar en una selva y quedarte todo el tiempo debajo de un cocotero, sin ir un poco más allá. Haz el recorrido sin prisa. El tiempo no cuenta. Es lo primero que siempre digo: el tiempo se queda fuera del amor. Y, sobre todo, piensa que es algo que se hace por placer, de no ser así, mejor no hacerlo.

Me parece tan general, tan vago.

Concéntrate en alguien en concreto, dijo. Y me concentré en Tania en el cenador. Hacía frío, y la luna también estaba maravillosamente fría y grande, y el corazón me latía como si fuera a planear en parapente. Y casi era inevitable que la abrazara y lo hice. No quise imaginar cómo se conduciría el gángster en aquel ritual, a cuyas puertas había que abandonar el tiempo, según Alien. Alien siempre disponía de frases bastante redondas como esa de que el tiempo debía quedarse fuera del amor, que eran las que más atraían a su auditorio.

Ya veo que tienes a alguien en quien pensar. Así que despidámonos.

Estuve a punto de llevarme a *Hugo* a dormir a mi casa. Pero era mejor dejar las cosas como estaban: *Hugo* en su casa, y yo en la mía. La interna, con la bata de rayas rosas y cuello blanco, que la caracterizaba como interna, lo hizo pasar y me despidió con la mano durante unos minutos, como si se marchase de viaje en un tren o en un barco, mientras que yo regresaba a mi rutina. Bajé la cuesta corriendo despacio, y luego empecé a apretar y a apretar, y según divisaba la mancha de tejados de pizarra y el solar, sentía que la casa del Veterinario comenzaba a alejarse blandamente sobre el agua del gran océano.

Nada más abrir la puerta de mi casa, oí los ladridos de *Ulises* al otro lado de las paredes, porque al igual que a nosotros, le parecía que algunos ruidos de mi casa ocurrían en la suya. Mi madre se estaba bañando. Encendí las luces del jardín y puse la televisión. Corrí la puerta de cristal y contemplé el firmamento. Estaba muy arrepentido de haber perdido tanto el tiempo. Y lo más doloroso, lo que más me hundía, era lo arrepentido que ya estaba de lo que iba a perder en el futuro. No estaba acostumbrado a aprovecharlo, no sabía cómo hacerlo. Un compañero de clase se iba a ir aquel año de camarero a Dublín para aprender bien inglés. Cuando regresara, sabría inglés y yo no, yo sencillamente habría perdido el tiempo. Le había pedido que me informara, pero sin convicción. Mi madre me repetía una y otra vez: Estudia. Tienes que hacer algo. Pero qué era algo. Una estrella es algo, una mesa es algo, la cena es algo, mi mano es algo. Cuando lo hiciera sería algo, pero antes no existía. Entonces cuál y cómo iba a ser ese algo que yo iba a hacer que existiera. Algo podía ser una piedrecilla del jardín y podía ser la Luna o Júpiter.

¿Por qué no podía aprender chino? Nunca se lo había dicho a nadie, pero más de una vez había fantaseado con la idea de saber ese idioma. Ahora me daba cuenta de que siempre había soñado con saber chino. Cuando de pequeño iba con mi madre a La Gran Muralla a comer o a cenar hubiera dado lo que fuese por poder entender lo que hablaban entre sí los camareros, que a veces eran más numerosos que los clientes. Era el único local que no se encontraba en el Híper ni en el Zoco Minerva, sino en un chalet a cuya entrada se le habían añadido dos enormes columnas doradas sobre las que descansaba un tejado tipo pagoda. Y aunque en los días radiantes parecían de oro puro, yo prefería ir por la noche cuando la entrada estaba pálidamente iluminada por un farolillo y nos abría la puerta Wei Ping, la hija del dueño, y nos sonreía con sus ojos rasgados y la piel de nácar y los labios abultados. Siempre llevaba una especie de pijama chino de seda con pantalones anchos y un dragón bordado en la blusa. El pelo, espesamente negro, iba estirado hacia atrás. Nos acompañaba a nuestra mesa entre una lluvia de tintineos de cuentas de cristal. Teníamos la costumbre de sentarnos en un rincón bajo los flecos de una lámpara roja. Y nos solíamos pedir sopa de maíz con pollo, chop-suey de gambas, arroz tres delicias y plátano frito con miel.

En el local trabajaba una buena parte de la familia: los padres, tíos, primos, y discutían mucho entre ellos en su misteriosa lengua. Toda la sala era contemplada desde un rincón por la abuela de Wei Ping, vestida con pantalones y camisa china de algodón negro. Tenía un bastón al lado, que apenas debía de usar porque nunca la vi andando, tampoco hablando, sólo miraba por las pequeñas rendijas de los ojos. Así que uno se sentía observado desde el más allá, desde el mundo de los dragones y emperadores.

La madre de Wei Ping era una bella señora alta y delgada, que siempre inclinaba la cabeza para dar las gracias. Poseía el semblante más serio de toda la familia y se limitaba a tomar nota de los pedidos y a cobrar. También se encargaba de sustituir las tazas vacías de té de la abuela por otras llenas. Su marido en cambio era muy afable y dicharachero y enseguida había empezado a expresarse en términos del tipo «Estamos a tope» o «Esto es demasiado».

Un día su madre, en la cajita en que nos devolvía el cambio, puso una tarjeta escrita en chino y en español prendida a un ramillete de flores secas en la que se me invitaba al cumpleaños de Wei Ping. Wei Ping me miraba con su preciosa cara sonriente desde la puerta de la entrada. Su madre inclinó repetidamente la cabeza.

La mía dijo: Muchas gracias. Lo traeré el domingo a las cinco.

Le regalé un cofre de espejos, de modo que al tocarlo la mano se reflejaba en ellos. Y si lo ponías a la altura de los ojos, los ojos. Y si a la altura de la boca, la boca. Se lo hice ver situándole el cofre en las distintas partes de la cara. Ella después de contemplarse lo cogió y me lo puso a mí de la misma forma. Su cabeza estaba pegada a la mía, y ella me miraba en los espejos. Desprendía un olor dulce, como si estuviera hecha de lo mismo que los caramelos y los pasteles que cubrían la mesa. Yo tenía once años, y ella doce o trece. Detenía el cofre donde yo no podía verme, en la nuca, en la oreja, y decía: Vaya, vaya lo que hay por aquí.

Vaya, ¿qué?, dije yo intentando quitárselo de la mano, pero ella se reía con los ojos completamente cerrados. Desde entonces siempre que he oído hablar de las mujeres orientales he pensado en Wei Ping. Ese día no llevaba el pijama de seda, iba como las demás, pero se distinguía de ellas por un gran lazo blanco, el lazo más grande que jamás haya visto en una cabeza, que le colgaba del pelo negro hasta la mitad de la espalda. También su abuela estuvo presente en la fiesta, que se celebraba en un apartado del restaurante profusamente adornado con farolillos de papel. Nos hizo una señal con el bastón a su nieta y a mí para que nos acercáramos. Habló en chino mientras me miraba. Sus palabras me encantaban porque era la primera vez que la oía hablar, y porque a nadie había oído hablar así, como recitando desde el fondo del tiempo.

Sólo sabe chino, dijo Wei Ping.

Siempre está mirando, dije yo.

Es que no quiere estorbar.

Pero ¿no se cansa de mirar?

A veces no está mirando, está dormida. Y cuando no está dormida está recordando. En el fondo, todo esto le interesa muy poco.

¿Qué ha dicho de mí?

Que eres un chico con suerte. Que la suerte te cubrirá de oro.

¿Tú crees en esas cosas? ¿Tu abuela puede saber algo sobre mí que yo no sepa, que no sepa ni siquiera mi madre?

Es muy sabia. Toda la gente de mi familia le consulta sobre lo que debe hacer.

De no haber sido vieja y china, no hubiera hecho caso, pero así me sentí un elegido, tocado por la fortuna. Seguramente es algo que quedó en mí, que he tenido y que, por ejemplo, no ha tenido mi amigo Eduardo a pesar de que lo haya tenido todo.

Creo que dejé de ver a Wei Ping porque nos cansamos de la comida china. Y como a nosotros debió de ocurrirle a mucha gente. Y como resultado, el restaurante fue saliendo del esplendor poco a poco. Primero se descascarilló el tejadillo y luego las columnas, y cuando pasábamos por allí en el coche mi madre siempre decía: Qué pena de Gran Muralla. Y cuando definitivamente cerraron y se marcharon a otra parte, siempre decía: ¿Qué será de esa familia?

Sabía que había conocido a Wei Ping porque cuando veía por Madrid a una chica oriental sentía algo. Digamos que entre la urbanización y China había una especie de tierra de nadie, que era donde se esperaba que yo prosperase, pero donde también podía ahogarme, perderme, dejar de existir. La verdad era que el futuro me daba miedo, porque el futuro, como había dicho Alien, acababa siendo el pasado que había que recordar. Y uno es responsable de su pasado o al menos tiene que cargar con él. El futuro era un gran océano lleno de posibilidades y riquezas que aún no existían y que no sabía dónde se encontraba.

Cuando veía a un hombre con gafas de aros dorados de inmediato me recordaba a alguien que nunca había visto: al doctor Ibarra, ese hombre del que había oído hablar al mismo tiempo que de Jesucristo. Siempre me había parecido que de alguna manera aquellas monturas habían empujado a mi madre a casarse con mi padre y que como consecuencia había nacido yo. Y que, por tanto, uno viene al mundo por cosas así de banales. Lo que lleva a pensar que en este planeta donde la vida brota bajo cualquier piedra, en cualquier charca, en cualquier pequeño y árido pedazo de tierra, incluso en las aguas oceánicas más profundas, oscuras y heladas, en el fondo la vida nos parece insignificante, sin importancia y por eso matamos. Por el contrario, si en alguno de los planetas de nuestro sistema halláramos un indicio de la vida más elemental que pueda existir, la conservaríamos como oro en paño. Una rana, por ejemplo, en Marte sería un tesoro, incluso una lombriz. Y aquí a una lombriz la espachurramos con el pie.

Hubiera tenido la oportunidad de conocerlo a los catorce años cuando se me empezó a montar un diente sobre otro y mi madre empezó a decir lo de «Esa boca no se puede quedar así». Tal vez yo había sido el único de mi clase que no había llevado durante su infancia aparato y era el único que no iba a tener una dentadura perfectamente alineada.

Al menos la mía no parece postiza, decía para tranquilizar la conciencia de mi madre, y detener así su intención de someterme a la tortura más cara de la civilización moderna.

Puesto que estaba de viaje asistiendo a uno de sus congresos, tampoco ahora lo conocería. De hecho por eso había accedido a acercarme por allí.

Se notaba que la consulta había sido más blanca de lo que ahora era.

Parece que el tiempo oscurece y ensucia, dijo mi madre según me iba enseñando la sala de espera, el despacho y el gran sillón donde los pacientes abrían las bocas para que el doctor husmease en ellas. Aun así una intensa claridad procedente del sur dotaba de paz aquel lugar. Mi madre llevaba unos zapatos blancos con la suela de goma que no hacían ruido al andar. Había cambiado bastante. Ademanes más suaves, tono de voz bajo, menos impaciente.

Le dije: Aquí se está bien.

Una vez que te acostumbras, se está bien. Lo malo es dejarlo, entonces te das cuenta de que te estabas perdiendo otras cosas.

Y ahora sabes que estando aquí te estás perdiendo algo.

Hizo una ligera señal afirmativa.

Pero también te estás perdiendo algo si haces cualquier otra cosa ¿no?

Puede ser, dijo.

Tengo pensado irme a China a estudiar chino.

Ya, dijo ella poniendo un vaso de plástico bajo un pequeño grifo junto al sillón sacamuelas.

No me crees ¿verdad?

No sé con qué dinero vas a irte. Aún estamos en números rojos.

Expresiones así delataban su edad. Ya nadie hablaba de números rojos.

Hablaré con papá, dije yo.

Está bien. Habla con él. Tengo curiosidad por saber qué sacas en claro.

Lo vi en un VIPS de Madrid, o sea, en tierra de nadie, en algún punto intermedio entre la urbanización y China. Al entrar en el local, no lo reconocí. Estaba moreno y llevaba un corte de pelo muy afrancesado, que le caía un poco sobre las orejas. Tampoco usaba gafas. Dijo que quería volver a casarse. ¿Qué te parece?, dijo. Me encogí de hombros y pensé que estaba muy bien la sensación de tener padre y así no tenerla de que me faltase algo para siempre. Le dije que necesitaba dinero para irme a China. Se rió después de observarme sorprendido unos segundos.

¿A China? ¿Qué se te ha perdido a ti en China?

Es lo que más me gustaría hacer, ir a China a aprender chino.

¿Y por qué no piensas en algún lugar más cercano?

No sería lo mismo.

Ahora mi padre había adoptado el gesto de retirarse continuamente en pelo de la frente con la mano, lo que le daba un aire sofisticado.

Lo que me pides es imposible, dijo. Además, sólo tienes dieciocho.

Voy a hacerlo de todas formas, dije.

Y desvió la atención, con expresión de felicidad, a una chica morena algo mayor que yo, que venía hacia nosotros desde la puerta. Antes de que llegara, me levanté y me despedí precipitadamente. No le di oportunidad de que me la presentase. Puesto que él no había estado casi en mi vida, no me veía obligado a tener que estar yo ahora en la suya.

Creo que sólo algunos padres representan a su vez la idea de padre, como algunas esposas la idea de esposa y algunos empleados de grandes almacenes la idea de empleado de grandes almacenes. Porque nada más que unas cuantas personas son las elegidas para simbolizar al resto de las personas. Así que esas raras ocasiones en que mi padre me abrazaba y trataba de comunicarme su amor no han servido de gran cosa, no se han convertido en idea. Porque, en el fondo, más que padres auténticos lo que se quiere son ideas con las que vivir, con las que seguir cavilando todo el santo día, con las que continuar dándole vueltas a la cabeza, con las que poder unir esto con aquello, o sea, un cierto material para hacer lo que no se puede dejar de hacer: pensar y pensar. Por eso cuando alguien te abraza, pero el abrazo no se te queda en la mente, es como si no te hubieran abrazado. No es tan desesperante que no te quieran si no necesitas imaginarte que eres querido, amado, como diría Alien.

II

«Y dice en su corazón: "No se acuerda Dios; ha escondido su rostro, no ve nada".»

Salmos, 10

No he visto una idea mejor plasmada que el dueño del videoclub donde trabajo. Es la representación perfecta de sí mismo, lo que significa que nunca varía de estilo, ni de detalles, ni de maneras, ni de forma de ver la vida, entendiendo por vida la superficie de setenta metros cuadrados que se va abriendo ante nosotros según ascendemos por la escalera metálica del Centro Comercial Apolo. Grandes estanterías llenas de cintas y muchas más amontonadas en la trastienda para ser catalogadas.

Dice para que me entusiasme con lo que hago que le encanta este negocio por la gran oportunidad que ofrece de conocer a todo tipo de gente, sobre todo a mujeres. Me ha dicho confidencialmente que sabe tanto sobre ellas que le dan ganas de escribir un libro, lo que de inmediato me hace pensar en Alien y Edu, que también tenían ganas de escribir uno. Tiene cuarenta años y lleva un brillante en el dedo anular que le hace una mano demasiado femenina. Al verla, me doy cuenta de que nunca he soportado las manos de hombre con anillos, ni siquiera con el aro de casado, y que por eso apartaba la vista de la de mi padre cuando la extendía en el aire para coger un vaso o saludar o simplemente pedir algo. Por fortuna mi jefe ha depositado en mí toda la responsabilidad y sólo viene por aquí a recoger el dinero. Cuando sus largos y suaves dedos empiezan a contar los billetes y a amontonar las monedas, me voy a catalogar y salgo para decirle adiós. Siempre tiene prisa porque siempre alguien le espera, no dice quién, pero todo en él sugiere que se trata de una de esas mujeres que conoce sin cesar.

Antes, para que se me viera, tenía que salir a la calle, o sea, vestirme y abandonar mi casa, cerrar la puerta tras de mí y avanzar hacia lo que hay afuera. Ahora se puede decir que estoy permanentemente fuera. Sólo tengo que esperar a que los demás salgan de sus casas y vengan al Apolo a alquilar alguna película. El invierno está siendo tan frío, tan horrible, que los clientes pasan por aquí una y otra vez, cubiertos con guantes, gorros y bufandas, a devolver y recoger cintas. Creo que los fines de semana no hacen otra cosa que ver bodrios y hacérselos ver a sus hijos, y no porque sean estrictamente bodrios, sino porque en cuanto el estuche es tocado por sus manos con alianzas de casados los convierten en bodrios. Da igual que la peli sea buena o mala, la babosean, la aniquilan, la hacen puré en su cabeza. Ahí va otra, suelo pensar, pasto de los cerdos. Al menos los que me piden porno o gore tienen los gustos definidos. Son otra cosa. Es curioso que los consumidores de lo habitual a veces me pidan un porno y que los consumidores de porno no me pidan otra cosa. Es algo que causa miedo y respeto.

Trato de regresar a casa andando, a eso de las ocho, cuando empieza a formarse el hielo, bajo las frías y brillantes señales del cielo.

El Apolo está situado en un área aún no muy poblada, a dos kilómetros de mi casa, de modo que por la noche resulta extraño el ajetreo de dentro en medio de la quietud de fuera. Y según se va uno alejando, va resultando paso a paso más extraño como si algo de la vida general se estuviese cociendo en aquel hervidero. Cualquier forastero que se pase por allí puede preguntarse de dónde ha salido tanta gente en una tarde polar. Yo sé de dónde. De las ventanas ocultas por los árboles. De las puertas tras verjas negras como la oscuridad. De los declives del terreno. De garajes que abren despacio y silenciosamente su garganta de pálida luz. De jardines errantes por las sombras. De las cocinas y los salones excavados en el infinito.

Podría correr un poco al mediodía, que es cuando dispongo de tiempo libre y cuando menos frío hace, pero siento pereza. Una gran pereza. Está la televisión. Está el sofá con una manta de viaje de cuadros. Están las cintas de vídeo que tengo la necesidad de seguir viendo cuando salgo del trabajo. Digamos que me angustia toda esa cantidad de cintas que catalogo y que no he visto, que entrego a la gente, y que la gente me devuelve sin saber yo cómo son. Cuando los primeros días alguien salía con una película en la mano y al devolvérmela a los dos días, me miraba con ojos que habían visto algo más que yo, me sentía literalmente empujado a tragármela. Y fuese como fuese llegaba hasta el final para que nadie me humillase con su mirada. Me he propuesto vérmelas todas. Tal vez es el único propósito serio que me he hecho en mi vida. También sueño con rodar un corto. Pero también he soñado marcharme a China y he soñado con Tania, lo que me hace dudar de que mis sueños sean sueños importantes.

Mi madre las dos tardes que descansa llega a la hora de comer.

Fran me da pena, oigo que le dice a la asistenta.

Me da mucha pena, repite a punto de llorar con llanto de borracha que afortunadamente no llegar a estallar, como si no hubiera bebido lo suficiente.

Tienen las manos unidas. Las de la asistenta mucho más estropeadas aunque todo lo haga con guantes de goma, incluso picar la cebolla.

Siempre ha sido un poco vago, dice la asistenta.

No sé qué voy a hacer, figúrate, ya es un hombre. Un hombre sin nada.

Las dos permanecen calladas un momento. Las dos están de acuerdo en este punto.

He hecho un pan en el horno. Me sobraba tiempo.

¡Ay!, exclama mi madre.

Y dice: Lo peor es cuando cae la tarde. Todo se me viene encima.

Tienes un carácter tan endeble, le dice la asistenta.

Y qué importa. Qué más da.

Me siento de acuerdo con ella porque ya he comprobado en más de una ocasión que la vida sigue a pesar de nosotros, que somos piezas de una maquinaria que genera piezas sin cesar para su propio funcionamiento, que no es otro que generar más piezas.

Mi madre enrolla un billete de mil pelas y lo pasa por el cristal de la mesa y luego se lo traslada a la asistenta, que hace lo mismo.

No quiero coger la costumbre, dice la asistenta, no puedo permitírmelo. No me voy a matar a trabajar para esto.

No seas tonta, dice mi madre. Uno no se engancha así como así. No, si te haces tres o cuatro y sólo por las tardes. Es como un whisky o dos.

Ya, pero es la sensación de estar con esto.

Venga, ¿a que estás más contenta?

La asistenta se ríe.

Podría darle otra vuelta a la casa sin darme cuenta, dice.

Disfruta. Sé feliz, le recomienda mi madre.

Tengo curiosidad por saber desde cuándo se hace rayas mi madre. Y de inmediato pienso que si me ve se muere del susto, así que subo con mucho cuidado la escalera saltándome el escalón que cruje. Casi podría asegurar que nuestra casa es la única que conserva la escalera original de madera. Las demás empezaron a arrancarlas muy pronto para sustituirlas por otras de mármol blanco. Enseguida se vieron amontonadas en los jardines y a los dueños con hachas para convertirlas en leña.

También las puertas se cambiaron por otras más macizas y los inodoros completamente nuevos por otros de diseño. Más tarde también las escaleras de mármol fueron sustituidas, y otra vez las puertas, y pintaron las paredes con tonos cálidos, y las cocinas fueron remodeladas de arriba abajo. En realidad el que no cambiaba de casa optaba por cambiar las llamadas calidades o la decoración o la distribución. Sólo verlo resultaba agotador. Nunca estaban satisfechos, lo que llevaba a pensar que si no lo habían estado hasta ahora, era improbable que fueran a estarlo en el futuro. Nunca su morada llegaba a ser la obra de arte que querían. Sólo nosotros nos conformamos con lo que la inmobiliaria nos había dado. No nos parecía tan mal, más aún, nos gustaba, lo que quizá me ha convertido en alguien poco exigente. En casa de los Veterinarios, por ejemplo, siempre estaban sacando y metiendo sofás y sillas para tapizar. Sobre todo a la entrada del verano se producía una concentración de tapiceros, pintores, fumigador de plantas y tío que limpia la piscina, todos con mascarillas, unos con mono y otros en pantalón corto, todos deambulando por allí ante la hermosa mirada de Marina, que revivía para dar instrucciones. Unos se ponían la radio y otros silbaban, la cuestión era hacer ruido. Lo que a mí me hubiera molestado enormemente en mi propia casa a Eduardo le daba la vida. Decía que se levantaba temprano, cuando llegaban los obreros, y que era feliz. O sea, que Eduardo podía ser feliz con poca cosa, con un poco de bulla en su casa. Parece mentira que la felicidad a veces resida en cosas tan mínimas que no lleguemos a encontrarla jamás.

Un día Edu va a verme al videoclub. Por allí pasa todo tipo de gente, hasta pasan mis antiguos profesores del instituto, que se las dan de cinéfilos y que me piden películas de las que no he oído hablar, pero que me suenan a buenas. Desde luego me las veo antes de entregárselas. Edu echa una ojeada a las estanterías llenas de cintas. Lleva un abrigo de cachemir beige sin abotonar y el cinturón colgando a ambos lados. También lleva guantes marrones como los zapatos y el pelo rapado al dos o al tres formando una aureola alrededor de la cabeza. Me pregunta si no me aburro aquí metido y le digo que en cada estuche de los que ve hay un mundo.

Ya, dice. Yo acabé harto de cine. Tragué mucho de pequeño en la tele.

Nunca has visto la tele tanto como yo, le digo.

Y tú ¿qué sabes?

Lo sé porque yo al mediodía iba a mi casa a comer mientras que tú te quedabas en el colegio y volvías casi a las siete de la tarde.

No me digas lo que no he hecho, no lo soporto. No eres Dios.

Simplemente no estás familiarizado con el cine. No lo has visto. No te gusta.

¿Ver la televisión al mediodía es lo mismo que ver cine?

Lo que te digo es que una cosa lleva a otra, digo.

Quiero rodar un corto.

No eres el único, dice paseando junto a las estanterías y mirando con desinterés las cintas. También lleva un jersey de cuello vuelto gris y unos pantalones de lana del mismo color.

El año pasado casi me marcho a China, digo.

Demasiado lejos ¿no?

¿Te acuerdas de Wei Ping? ¿La de La Gran Muralla?

Hace como que se esfuerza en recordar a pesar de que recuerda perfectamente porque Edu tiene una gran memoria aunque no quiera tenerla.

¿Qué pasa con ella?

No sé, por mucho tiempo que pase, sigo viéndola abriéndonos la puerta de la entrada del restaurante con su pijama chino y el pelo recogido en un moño y su cara de porcelana. ¿No crees que las mujeres orientales deben de tener algo especial?

Habrá de todo, como en todas partes.

No creo que en todas partes haya exactamente lo mismo.

Eres un ingenuo. Hay exactamente lo mismo. Todo depende de ti, de tu toque personal.

Ha dejado los guantes encima del mostrador. Conservan la forma de los dedos y de los nudillos, digamos que tienen su toque.

¿Hace mucho que no vienes por aquí?

Detiene el vagabundeo, asiente y me mira con el azul más puro, limpio e inocente que haya visto jamás.

Mi madre, dice, está muy vieja.

No digo nada, no quiero decirle lo que sé de la mía.

En realidad no está más sola que otras personas, pero lo parece, dice.

Siempre lo ha parecido, digo yo, también cuando vivíais con ella. No tienes por qué preocuparte.

¿Puedo pedirte un favor?, pregunta examinando un estuche con detenimiento.

Me quedo a la espera.

Me gustaría que de vez en cuando fueras a verla, a saludarla nada más. No creo que sea mucho pedirte. Cuando sales a correr, por ejemplo, te acercas por allí, tocas el timbre, dices hola y te vas. Esas pequeñas cosas a mi madre le agradan mucho.

Ya no corro. Estoy aquí metido todo el día.

Es un favor. ¿No sabes hacer favores? Qué poco sabes de la vida.

Tania me había pedido que cuidara de él, y él me pide que cuide de su madre. No sé por quién me han tomado.

Haré lo que pueda, digo.

Después de cerrar, me voy con él a su casa. Lleva el coche de su madre porque ahora vive en México, donde también vive Tania con el gángster.

En realidad, no hago nada más que viajar. Siempre estoy de acá para allá, dice.

Una vida muy intensa ¿no?

Cierra los ojos como si estuviera cansado y asiente. El Apolo va quedando atrás, lejos. Tiene forma de pirámide de cristal, y las luces aún encendidas se fijan en el vacío, relucen como una pequeña constelación en la nada.

Pasamos la gasolinera y tiramos por la alameda, luego subimos la calle donde vivo y la dejamos atrás y seguimos subiendo hacia el cerro dejando a los lados árboles, verjas y porches acristalados sumidos en la semioscuridad. Me pregunto por qué número de rayas irá ya mi madre y por qué necesita estar siempre contenta y qué tiene de malo la caída de la tarde.

¿Tienes algo que ver con la droga?, le pregunto de pronto.

Sin sorprenderse responde: No me hagas ese tipo de preguntas. No voy a contestarte.

Da igual, digo. Ni siquiera es curiosidad.

Vivo bien, dice. Muy bien, y aún no he matado a nadie.

Aparca en la calle, abrimos la verja y nos dirigimos al jardín. Se enciende un cigarrillo y mira a las estrellas. La noche es despejada. Venus brilla en medio del tejado a dos aguas de la casa como si únicamente estuviese colgado sobre ella. A la izquierda, la luna en cuarto menguante está mucho más baja que el resto del firmamento. Un perro lejano ladra en la inmensidad de la paz, y el silencio se propaga en oleadas sucesivas sobre los tejados, las ventanas encendidas, los campos, los pinares, los montes y el profundo azul de la oscuridad.

De pronto dice Eduardo: ¿Por qué sufrimos tanto sin ser nada?

Junto a la piscina hay dos palmeras que dejan sus pequeñas sombras en el cielo. Recorremos el borde uno detrás del otro. La luz forma remolinos helados en la superficie. En verano el agua de esta piscina era tan transparente que se veían con toda claridad los dibujos de los mosaicos del fondo.

Conque Wei Ping, la de La Gran Muralla, dice. Ahora la recuerdo.

Me gustaría volver a verla.

¿Para qué? Habrá cambiado.

También hemos cambiado nosotros y no por eso dejamos de existir.

Pero no hemos cambiado repentinamente. No hemos dejado de estar presentes durante el cambio, y ella sí.

¿A qué viene darle tanta importancia a eso?, digo yo.

Quiero proponerte algo, dice. Es muy sencillo.

Le miro expectante y doy unas patadas en el suelo para hacer reaccionar los pies. Ahora no sé si ha ido a visitarme para proponerme algo, o si me propone algo como pretexto para verme. Es así de complicado.

Puedes ganarte quinientas mil sólo por guardar una llave.

De pronto empiezan a hacerse perceptibles vagos maullidos y quejidos procedentes de la consulta.

¿Sólo por eso?

Te doy mi palabra. No te compromete a nada. Guardas la llave hasta que te la pida.

¿Quién me la pide? ¿Sólo tú?

Sí. Nadie más.

¿Ni siquiera Tania?

No. Tampoco ella.

¿Es feliz?

No tienes arreglo. De verdad que no tienes arreglo. Crees que en la vida no hay otra cosa que ser o no ser feliz. Hay muchos otros estados. El riesgo por ejemplo, produce una euforia especial.

Pienso con alivio que a mí Tania ya únicamente me importa en el recuerdo.

Ahora tiene el pelo largo y apenas come para no engordar. Desde que se levanta hasta que se acuesta no para de dar órdenes a todo el mundo, dice.

Sufro la fantasmal impresión de ver la bata blanca del Veterinario saliendo de la consulta y paseándose por el jardín y también los ojos pálidos de Marina, y *Hugo,* que ya debe de estar demasiado viejo para darse cuenta de mi presencia o que tal vez haya muerto. No hace falta que desaparezca por completo lo que se va a quedar en la memoria, lo que de hecho ya está en la memoria.

Llevas una ropa muy buena y muy cara, le digo.

Hazme caso. Si me haces caso, convenceré a mi cuñado para que trabajes para él.

Bien. Te hago caso, digo.

Por lo pronto, guarda la llave.

No hay problema. Es muy fácil guardar una llave.

Me marcho del lugar donde una vez besé a Tania. Un beso en la memoria. El tiempo, la idea absoluta de tiempo que dividimos en presente, pasado y futuro, debe de ser algo así como la memoria de Dios. Y nosotros no hacemos más que existir en su memoria, lo que me hace pensar que Él a veces sólo me recuerda confusamente. El chico del videoclub ocupa su lugar en el Gran Cerebro. Las pelis que veo también lo ocupan y mi jefe con el solitario en el dedo. La perfección no existe en Su Mente, aunque Su Mente tal vez sí lo sea.

Esa misma noche mi madre mira con preocupación cómo le quito el polvo a la Sagrada Biblia, lo que una vez más me hace pensar. Me hace pensar que no sólo lo malo, sino también lo que podría considerarse bueno, alerta si se sale de lo habitual. Resulta muy inquietante que me tumbe en el sofá y que en lugar de ver la tele abra la Biblia ante mí.

A los dos días me llega al videoclub un sobre, en cuyo interior hay otro sobre con una llave y una dirección. Ésta es la llave. Es brillante y nueva, con aspecto de abrir una puerta. Meto el sobre en el cajón del escritorio. Por la ventana de mi cuarto entra el sol de mediodía, un sol alegre procedente de un cielo azul y sin nubes. Me pregunto dónde guardará mi madre la coca, si siempre la llevará con ella. Dónde la comprará y cuánto dinero gastará en esto. Me tienta la idea de ir a su habitación y empezar a buscar, pero prefiero no hacerlo, declino la oportunidad de investigar que me ofrece el estar solo en casa. De haber podido elegir, habría preferido no saber y así no estar tan pendiente, a mi pesar, de si se pasa muchas veces los dedos por la nariz, de si parece algo acatarrada sin estarlo realmente. En fin, odio vigilar las pituitarias de mi madre y últimamente no la miro a la cara. Y odio estar siempre al borde, cuando discutimos, de echarle en cara que sé que se droga.

Acaricio la idea de las quinientas mil, que añadiré a lo que logro ahorrar de mi sueldo. Así que el corto no parece estar tan lejos. Tal vez incluso trabaje para el gángster. Tal vez llegue a ser rico. Conseguir lo que se quiere debe de ser muy difícil y al mismo tiempo debe de ser muy fácil si pones todos tus pensamientos a empujar lo que quieres. Así que pienso constantemente en lo que quiero, y aunque no haga nada práctico para lograrlo sé que ya se está poniendo en marcha. Quiero tener dinero. Quiero rodar una película. Clavo la vista en el invernadero del Apolo que está justo frente a mi tienda. Los helechos son atravesados por la intensidad de mi pensamiento. Por las mañanas, en que la clientela es muy escasa, me recojo en la trastienda a ver pelis y las que me gustan también son atravesadas por el deseo de haberlas dirigido yo. O al menos haber escrito el guión. O haber sido el director de fotografía. Me parece que fue Robert de Niro quien dijo que si sabías lo que querías ya tenías ganado el cincuenta por ciento. Y en la Biblia dice pedid y se os dará. Y Alien dijo que el dinero está por todas partes. No sé, realmente el mundo está tan lleno de cosas que ¿por qué algunas no van a ser para mí?

Ahora también voy con frecuencia a la Filmoteca. Cojo el 77 y veo una vez más los campos arrasados por el frío, las piscinas azul cielo de todas las formas y tamaños que se amontonan en los contornos de la fábrica de piscinas. Un extraño verano en la autopista, cerca de la gasolinera y de un enorme restaurante donde nunca he estado porque en él sólo se detienen los viajeros de largo recorrido, los que antes han pasado por mi urbanización con indiferencia, echando un cansado vistazo a mi civilización. El chorro de humo negro, que asciende por la chimenea de la fábrica de yeso, que tendría que arrancar la indignación de todos los que ya tenemos conciencia ecologista. Me quedo contemplando cómo va agrisando un pedazo de cielo. En las últimas filas las nuevas generaciones fuman sin parar. Son mucho más decididos y provocadores de lo que fuimos nosotros. Con quince ya saben besar y follar bien, llevan palestinos en el cuello, pendientes en los labios, tatuajes en el culo y cuando salen por la noche no regresan a casa hasta el mediodía del día siguiente.

La mitad de los compañeros de mi curso están trabajando, como yo. Los otros estudian en la universidad. Apenas nos vemos, salvo cuando pasan por el videoclub. Creo que ocupo el escalón más bajo de todos ellos. No tengo que preocuparme por caer más. Estoy tranquilo. Madrid surge al fondo compacto y rojizo, como la boca de un gato. Uno nace y se encuentra con que ahí está Madrid, al final de la autopista.

Entro en la Filmoteca con timidez, como si no me correspondiese estar en este lugar. Hay muchos abrigos negros y gorros. Yo ahora funciono con un gabán alemán de segunda mano con capucha. La bandera la he disimulado con rotulador. Tengo ganas de comprarme un coche. Dios, oigo hablar de cine en términos que desconozco. Todo el mundo entiende un huevo de cine. Pero he leído que Orson Welles no tenía ni idea de la parte técnica, sino que decía quiero que esto salga así y así. Porque eso es lo que importa, saber lo que se quiere, poseer la representación mental de algo que aún no existe. Para resolverlo, está el equipo. Para eso se tiene un equipo ¿no? Me gustaría encontrarme en la filmo con alguna chica que viniese sola como yo y con la que pudiese hablar de estas cosas, que me comprendiese, que quisiera ayudarme y que luego resultara que es la hija de un gran productor. Al salir pienso con fuerza en esta posibilidad. Parece que el frío intenso le recuerde a uno, a cada paso que da y a cada golpe de viento helado, que sólo es uno. Una unidad independiente con su propia sangre y su propia forma, que anda solo y come solo. O sea, estamos hechos de una pieza y al mismo tiempo necesitamos el cuerpo ajeno, su piel y su calor, lo que no deja de ser una contradicción porque necesitamos algo que depende de que otro nos lo quiera dar para tenerlo, no es algo que se pueda coger sin más. Esto a los humanos nos convierte en pedigüeños. Puesto que forma parte de nuestro modo de supervivencia es una tontería empeñarse en dejar de ser un pedigüeño.

Sin duda Eduardo ha prosperado pidiéndole prebendas a su cuñado, y su cuñado pidiéndoselas a muchos otros. Mi madre le pidió de nuevo trabajo al doctor Ibarra, y habrá alguien por ahí a quien le pida la coca que consume. Mi padre le ha pedido el divorcio y a mí me ha pedido perdón. Seguramente mi jefe, el del solitario en el dedo, les pide cosas increíbles a sus amantes. Somos los seres más necesitados del planeta, que no cogemos lo que necesitamos sino que lo pedimos, aunque lo tengamos al alcance de la mano y ante nuestros ojos. Por eso somos los únicos dotados con la capacidad de lenguaje, para suplir con palabras lo que no nos es dado.

En medio de la iluminación glacial de la Gran Vía, en medio del invierno más frío del siglo, el sueño avanza: ella lleva una gran bufanda negra que la envuelve en tinieblas. Tiene una boca que me muero por besar, dientes blancos y encías rosas, labios suaves y brillantes. Una boca abstracta, la idea desesperante de una boca para mi boca. Me encuentro solo.

El autobús me va devolviendo por la vieja garganta de las eternas estrellas y la eterna oscuridad, de la luna, la gasolinera y los grandes camiones detenidos ante la luz blanca del restaurante, a lo que tengo, o sea, a lo conocido, o sea, al pasado. De nuevo voy al recuerdo de cosas y personas reales que puedo ver y tocar. El fondo azul de las piscinas ha desaparecido hasta mañana. ¿Cómo será el nuevo día?

Me despierta el ruido de la verja al cerrarse. Reconozco el ronquido del motor del coche de mi madre. Lo tiene encendido un rato mientras le quita del parabrisas la capa de hielo con una cinta de casete. Ya no ve la tele por la noche porque tiene que levantarse a las siete. Antes de subir las escaleras hacia su cuarto me ruega que baje el volumen al mínimo. Acuéstate temprano, dice, así aprovecharás más el día. A mí no se me ocurre en qué aprovecharlo mejor de lo que lo aprovecho y me quedo amodorrado hasta las dos o las tres. Sólo de pensar que ella no puede ver la tele a mí me apetece verla más. Me trago dos pelis y varias tertulias en que todos los tertulianos tienen razón. Cada uno se droga a su manera ¿o no? Estoy esperando que un día se ponga dura para decírselo.

No entro a trabajar hasta las diez. Y soy uno de los primeros en abrir. La realidad es que la urbanización no está en pleno funcionamiento hasta eso de las once. Desde luego antes de las diez es inútil salir a comprar nada ni a hacer ninguna gestión. Sólo las podadoras de los jardineros de las zonas comunes transmiten el mensaje de que hay vida en alguna parte en la ciudad más perezosa del mundo.

Hay que reconocer que este lugar es de los que no trabajan y de los que trabajamos en él con trabajos que no son verdaderos trabajos. No cuentan los que están encerrados, o sea, los niños en los colegios y los estudiantes en los institutos. Sí que cuentan todos los empleados del polideportivo andando de acá para allá en las maravillosas mañanas de primavera con los árboles inundados de pájaros, y los que holgazanean en sus instalaciones tratando de escalar la nueva pared del rocódromo con ganchos plateados y maillots ajustados a los músculos. Cuentan los que sacan el perro por el parque y lo siguen como si el perro supiese divertirse mejor que ellos mientras el sol se derrama sobre el césped con toda su caliente dulzura. Y los que van y vienen arrastrando el carro de la compra despacio aspirando el olor a flores y plantas que acaban de crecer. Las ventanas sobre los jardines están abiertas. Los repartidores y los carteros y los cobradores del gas y de la electricidad llaman a estas puertas hasta las que llega la luz verdosa de los jardines. Las mañanas de primavera son para nosotros, los que nos quedamos. Me concentro pues en la idea de primavera, una idea segura, posible, que no depende de la voluntad de nadie para que se realice, sino que se realiza por sí sola y que hace que el recuerdo se complete una y otra vez, una y otra vez.

No siempre dispongo de tiempo para ducharme, pero sí para tomarme el café que siempre hay hecho en la cafetera y para afeitarme porque me dan verdadero asco los tíos que vagan por la urbanización sin afeitar. Cuando uno opta por salir a la calle sin afeitar es que ha caído muy bajo, es que necesita tratamiento. Es algo que me hizo ver mi madre muy pronto, cuando en Primaria entraba en el cole a las nueve y media, y a las nueve me ponía el anorak, el gorro y los guantes, y a las nueve y cuarto parábamos en el quiosco para comprarme un bollo y el quiosquero a veces no se había afeitado, de modo que las puntas negras surcaban la doble papada hacia el cuello alto del jersey de lana.

¡Qué cerdo!, exclamaba mi madre en cuanto nos alejábamos de allí.

Parece enfermo, decía yo.

Porque los pobres enfermos no pueden afeitarse si no los afeita alguien, pero éste no tiene disculpa. Es un falso enfermo.

Así que los tipos que aprovechan el fin de semana para dejar de afeitarse me parecen bastante irrespetuosos con su familia, a la que hacen tragar con esos pelos negros, o, peor aún, canosos, hastiados y abandonados a crecer en sus repugnantes caretos. Hay que decir a favor de mi padre que hiciese lo que hiciese nunca dejó de afeitarse. Cuando estaba en casa, bajaba a desayunar en pijama, pero afeitado y oliendo a colonia Lavanda, por lo que no importaba nada darle un beso. Quizá por eso mi madre nunca dejó de quererle ni siquiera en su mejor etapa con Mister Piernas. Cuando llegue la primavera pienso levantarme temprano e ir corriendo hasta el Apolo. Ahora el hielo que se ve por la ventana endureciendo la atmósfera, las plantas y el asfalto me quita las ganas de todo lo que tenga que ver con el exterior. Prefiero coger el autobús con el tiempo justo, y tal vez regresar andando al mediodía.

Me esperan varias cajas de cintas que tengo que ordenar. Casi todo es serie B, luego está lo que encargo especialmente para mis clientes cinéfilos y lo que encargo especialmente para los guarros y los sados. Me viene a la mente un nombre del que oí hablar el otro día en la filmo.

Por la tarde, a la hora de cerrar, no viene mi jefe a contar el dinero. En su lugar aparece una tía rubia de unos treinta y cinco con minifalda y taconazos, que se enciende un cigarrillo sin pedir permiso, dando por sentado que su humo no molesta. La primera bocanada me viene directamente a las narices y toso un poco.

Ella se ríe y dice: Qué delicado eres.

No me suena haberla visto por la urbanización. Así que le pregunto si viene de Madrid.

Directamente, dice. Directamente por la pasta.

Pues no hay tanta. Hoy no se ha dado bien el día.

No te pongas tan serio, dice riéndose a carcajadas. Ya sé que éste es un negocín de nada.

Bueno, no es tan poca cosa, todo lo que se saca es limpio. Las cintas que no se venden se devuelven.

Sí, pero hay que pagarte a ti, la luz, el teléfono, el alquiler del local. No lo veo rentable.

Más de lo que parece. Los fines de semana salen redondos.

No te pongas así. No creo que te vayas a hacer rico con esto. Francamente, un chico como tú metido aquí todo el día.

Hace tiempo que alguien no me habla de mí. Le cedo mi asiento detrás del mostrador. Cruza las piernas.

Tenemos que esperar a que mi jefe me llame por teléfono para decirme que la mujer que tengo enfrente es de confianza y que puedo darle el dinero. Así que le pregunto si quiere tomar algo. Dice que se tomaría una Coca-Cola, pero que como la Coca-Cola le alteraría los nervios, prefiere una cerveza. Le pregunto si la quiere con o sin alcohol. Dice que tendría que tomársela sin, pero que por ser el momento del día que es, la caída de la tarde, casi la prefiere con. Me voy con este exceso de información a la máquina de bebidas que está en el piso de abajo, donde los niños no paran de corretear mientras los padres se toman algo. Es gente a la que le cuesta mucho consumir su tiempo en soledad, en sus casas. No soportan sentirse literalmente metidos en sus casas, aparte de todo, aunque ese todo sea una barra del Apolo, el griterío de sus propios hijos y los conocidos caretos de los camareros de siempre y los vecinos de siempre.

La segunda visión de la rubia ha variado. Ya no es una taconazos que irrumpe en mi sosegado mundo llamándolo negocín, sino alguien que en mi ausencia se ha molestado en sacar otra silla de la trastienda y que me la señala para que me acomode yo también.

Parece que tienes mucho material.

Procuro estar surtido.

¿He visto mal o tienes pornografía?

Has visto bien. Una parte de la clientela me la pide. Es lo normal.

¿No te parece una asquerosidad?

No sé. No pienso en ello. Siempre ha habido gente así y siempre la habrá.

¿Tú ves esas películas?

Alguna vez.

Yo, la verdad, dice, es que me animaría si no fuese porque luego seguramente me arrepentiría.

No creo que por algo así haya que arrepentirse. Tampoco hay ninguna obligación de pasar por eso.

¿Sabes?, dice, eres más maduro de lo que corresponde a tu edad.

No soy tan joven como parezco, le digo yo riendo. Y le pregunto si quiere otra cerveza. Asiente. Tiene unos ojos realmente bonitos, entre verdes y azules. Los ojos más bonitos que he visto en mi vida y que, sin duda, destacarían mucho más si fuese arreglada con más sencillez. No es lo que suele decirse mi tipo, pero ha entrado por la puerta del videoclub al oscurecer cuando el calor en el Apolo ya es insoportable y es la única persona que me mira. De vuelta empujo la puerta de cristal con los botes de cerveza, y entro en su atento campo de visión como en un mar de verano perdido en alguna parte del planeta.

Mi jefe llama. Me dice que Sonia es una amiga de mucha confianza y que de vez en cuando se hará cargo del dinero. ¿A que es guapa?, dice.

Yo no contesto. Creo que un comentario así hay que dejarlo en el aire.

Sonia, repito en voz alta mientras coloco billetes y monedas en la mesa.

¿Qué haces aparte de estar aquí?, dice ella.

Me paro un instante a pensar en lo que hago y me doy cuenta de que no hago nada.

Formo parte de un club de espeleología, le digo pensando en los búnkers que hay cerca del lago y donde en la remota infancia pasábamos muchas tardes Eduardo y yo viendo el cielo por el agujero en que un soldado un día apoyó el fusil. Exploramos cuevas. Es apasionante. Si nunca has estado en una cueva oscura sin el menor resquicio de luz, es que nunca has visto la oscuridad. La oscuridad absoluta ¿comprendes? Es indescriptible, es casi impensable. Sólo en un sitio así puedes hacerte a la idea de lo que es la nada.

Me doy cuenta de que me observa las piernas, la forma de las piernas en los vaqueros, y las manos. Me doy cuenta de que se está enamorando de mí. Va a ser casi inevitable que me la tire, aunque me detiene la idea de que también se la esté tirando mi jefe, el del solitario en el dedo. Como si me hubiese oído, dice:

No pienses tonterías. No me acuesto con él.

¿Quién ha pensado eso si puede saberse?, digo mientras considero que empieza a haber demasiada flaqueza en nuestros tonos de voz.

Está bien, dice levantándose. No tengo ninguna gana de marcharme de aquí, pero si no me fuese, la conversación se agotaría.

Ya me estoy acostumbrando a su forma de actuar siempre debatiéndose entre lo que es y lo que podría ser, o algo así. En el fondo me alivia que se vaya, que salga por la puerta y vuelva a su mundo, que no es el mío, como los personajes de ficción más o menos.

Para mi sorpresa, veo, entre los carteles con las novedades pegados en el cristal, aproximarse a Alien. Avanza serio y rotundo, con el aire renovado de un parque recién barrido y regado. Desde que comencé a trabajar aquí no sé nada de él ni he frecuentado los lugares por los que me lo encontraba, es como si el tiempo también retuviese el espacio que le corresponde y que le es propio con todo lo que contiene. Y como Alien correspondía a mi época de colegio e instituto, ese tiempo se ha esfumado con el bosquecillo de pinos, por donde correteaba su perro, y el salón del Centro Cultural, donde daba sus conferencias, e incluso el Híper, donde tomaba cafés sin parar contemplando por las cristaleras la quietud de la ciudad más perezosa del mundo.

Me saluda y se enfrasca en las cintas de las estanterías como todo el que pasa aquí aunque no venga a comprar. Le digo que si quiere algo que no encuentre yo puedo conseguírselo. Entonces me mira muy interesado.

Quizá yo quiera algo especialmente difícil, dice.

No hay problema, le digo.

Se pasa la mano por el pelo sedoso y lacio de la cabeza y la coleta, y me pregunta sin seguir el orden lógico de una conversación:

Dime ¿qué haces aquí?

Me encojo de hombros, pero como en el pasado me sigue dando la impresión de que soy transparente para Alien.

Seguro que estás reuniendo reservas, nuevo material para el pozo sin fondo, para el monstruo perpetuamente hambriento.

Francamente estaba echando de menos este discurso. Quiero esforzarme para saber cuál es el pozo sin fondo. ¿Cuál es el pozo sin fondo? Me quedo a la espera.

Se sienta con la mitad del culo en el mostrador. La pierna cuelga por el mueble.

La mente no para. A pesar de que no quiera pensar, piensa. ¿Pero qué piensa? Todo depende de lo que le eches, de si la abasteces lo suficiente, porque de lo contrario se tendrá que conformar con lo que tiene una y otra vez. Una y otra vez la irresistible sensación anegando la conciencia con sus pequeños cristales que la multiplican. Puede que de aquí provengan las obsesiones patológicas, de tratar de saciarse en la misma sensación, dándole vueltas, comiéndosela poco a poco y a grandes tragos y de todas las formas posibles. Los pedazos del cristal constante con las formas de la memoria. Necesitamos reservas para el pensamiento futuro, dice.

Las palabras de Alien me adormilan, no porque me aburran, sino porque llenan de gran sosiego la estridente luz del establecimiento. Viajamos en una cápsula de luminosa paz por el crepúsculo. Anochece con celeridad. Su voz desprende algo hipnótico. No es la primera vez que me ocurre. Pienso en la llave de Edu y en las quinientas mil que vale. Pienso que quiero comprarme un coche de segunda mano que he visto aparcado en mi calle con el letrero de se vende. Pienso en mi padre cuando yo era pequeño e iba corriendo a abrirle la puerta. Mi padre con una bolsa de viaje en la mano. Pienso así en él. Pienso en *Hugo* corriendo por la vereda y me digo que no quiero saber si ha muerto. Y también que tal vez Sonia venga por el dinero.

Desde que estoy aquí, reflexiono más, le digo.

Le diría que me alegro de verle, que me alegro de verdad, pero sé que sobraría, que sería excesivo. Alien nunca usa las palabras para cosas así. Si ha venido a verme, es porque sabe que me alegro de verle. Le propongo que tomemos una cerveza, pero declina la invitación. Dice que están esperándole los alumnos de su curso sobre el alma.

El alma, dice, ese soplo.

Cuando ya está junto a la puerta, le pregunto:

¿Qué película es esa que quieres que te busque?

Dice un nombre que no entiendo, quizá sólo haya dicho adiós. Y salgo detrás de él, pero ya ha desaparecido por las escaleras mecánicas.

Así que el alma. Dentro de una hora me colocaré los walkman y saldré a la noche, y entre las sombras onduladas de los árboles recorreré el camino de vuelta a casa sin pensar.

La impaciencia nace de las ganas de impacientarte que tengas. Algunos lo llaman esperanza. Durante algunas tardes he tenido la esperanza de ver entrar por la puerta a Sonia en lugar de a mi jefe. Sólo aquí, en el Apolo, y sólo hacia las ocho se activa este deseo que no funcionaría en ningún otro lugar ni a otra hora. O sea, que a pesar de que la repetición canse es la que crea la sensación de existencia, de que a una cosa le sigue otra. Digamos que ya sé que la puerta de cristal de mi tienda puede ser empujada por Sonia, y lo que sé no puedo olvidarlo.

Me decepciona ver aparecer, en su lugar, a mi jefe con alguno de sus variados trajes que siempre parecen el mismo contando una vez más el dinero con manos excesivamente cuidadas, mientras el brillante del dedo lanza destellos sobre los billetes. Le pregunto si va a venir él todos los días. Y me dice: Es guapa, ¿eh? Le contesto que no me he fijado, que sólo quiero saber si cada vez que ella venga tengo que darle el dinero. En el fondo me repugna la idea de poner los ojos en alguien o algo en que él los haya puesto. En realidad pienso que Sonia es simplemente preferible a él.

Me dice: Un día de éstos tenemos que hablar.

Los fines de semana se han reducido al sábado por la tarde y al domingo. Los dedico básicamente a ver cine en mi casa y en los cines de verdad. A veces salgo a correr un rato. Mi madre se traga conmigo un par de pelis con los pies en alto. De cuando en cuando se levanta y vuelve con cara de haberse metido una raya. Pero en esta ocasión tenemos ante nosotros un puente que dura hasta el miércoles noche, cuando regresarán formando grandes atascos los miles de vehículos que salieron el viernes. Desde mi misma casa se puede ver la autopista, ardiente y eléctrica, vibrante, que nos deja aparte del tiempo, desterrados del discurrir de esa potente luz de la lejanía que recorre la tierra sin parar, que nos cerca y que sin embargo nos ignora.

El sábado, a mi vuelta del cine, mi madre con las aletas de la nariz enrojecidas me dice que probablemente se case con el doctor Ibarra. Escudriño en su rostro algún indicio de su estado de ánimo, pero desde que se coloca con tanta frecuencia nunca sé cuándo está triste o alegre.

¿Así, de repente?, le pregunto.

Hace algún tiempo que me lo ha pedido, pero no me atrevía a dar el paso.

Y ahora te atreves, digo yo, ¿por qué?

¿Por qué? ¿Por qué?, se exalta ella. Porque no tengo otra cosa que hacer. Ésa es la realidad. Me paso casi todo el día en esa consulta. Qué más me da casarme con él. Así tú podrás salir del videoclub y yo de la clínica.

No sé por qué dices eso. A mí el videoclub me gusta. No lo cambiaría por nada.

Mi madre viene hacia mí dispuesta a abrazarme o algo por el estilo, así que me alejo hacia la jaula del periquito, que es el animal más grande que hemos tenido nunca, y meto el dedo entre los barrotes.

Podrías tener tu propio videoclub. Lo que quisieras.

No te vayas a casar con él sólo por eso, le digo yo.

En cada momento de la vida las cosas se hacen por motivos distintos, la cuestión es que compense. Y a mí me compensa, te lo aseguro.

Entiendo que a mi madre su vuelta al doctor Ibarra, o sea, al pasado, la ha hundido. Que está bastante pasada y que es irrecuperable. Lo único que le importa es el dinero. Aunque peor sería que le interesara en sí el doctor Ibarra.

Tendrás que estar con él. No lo olvides.

Tampoco es ninguna tragedia. Es una persona muy pacífica y metódica.

Allá tú, le digo. Creo que va a ser un infierno.

A continuación empiezo a pensar en las ventajas, en la posibilidad de quedarme solo en es-

ta casa y comprarme por fin un perro. Podría sub-
sistir como Alien, a base de organizar ciclos sobre
cine en la Casa de la Cultura, de dar conferencias,
incluso de escribir libros. Quizá acepte que el doctor Ibarra me ponga un videoclub. Creo que podría
mantenerme y desentenderme de la cocainómana,
cuya destrucción, si es verdad todo lo que se dice
de la droga, ha de comenzar un día de éstos. Seguramente también podré quedarme con el coche.
Y con las quinientas mil de Edu me compraría to-
neladas de ropa.

La llave sigue en el sobre dentro del cajón.
Pregunto si ha habido algún recado para mí. Y mi
madre dice:

¿Para ti? A ti nadie te llama. Estás fuera de
juego.

Siempre ha creído que con frases de este
tipo me hace reaccionar. Como cuando era pequeño y se empeñaba en que siempre estuviese rodeado
de amigos. Creo que jamás voy a tener hijos, para
que no tengan que comprenderme.

Me he hecho un amigo en la Filmoteca
que me consigue cualquier película que le pido.
Me ha sugerido que me dedique a ello más a fondo, que me matricule en una escuela de cine. Pero
le he dicho que mi madre se va a casar y que prefiero esperar. La verdad es que ni se me pasa por la
cabeza volver a la vida de estudiante. Soy un adulto y no soporto la vida que no sea de adulto. Un
adulto debe tener dinero, una casa propia y no ir
de pedigüeño tirado, lo demás es una mierda. Así
que comprendo perfectamente a Eduardo. Tiene

lo que quiere, que es lo que se le debe a un hombre que ha soportado una infancia y una adolescencia, que lo que desea lo pueda tener. No hay ningún otro sentido en llegar a ser como mi padre o como mi madre o como mi jefe. Así que también los entiendo a ellos. Se produce un momento en que nada está separado del cuerpo, absolutamente nada, ni los sueños más grandes ni los más pequeños. Y el cuerpo exige su cumplimiento. Creo que Edu enseguida sintió esa llamada, quizá desde que era pequeño, y yo también.

Uno anda y anda por la Gran Memoria, por el sueño de todos, sin darse cuenta la mayoría de las veces de que está cruzándose con los demás, de que sin el recuerdo de los otros él no existiría.

El Veterinario ha venido a verme. Está en el salón de mi casa, donde creo que no ha estado nunca antes. Mi madre vestida con sus antiguas mallas, que ahora utiliza como ropa cómoda, está a su lado. Él ni siquiera se imagina que mi madre, podría jurarlo, se acaba de hacer una raya porque estamos en plena caída de la tarde del domingo, y por las cristaleras se extienden las primeras tinieblas, que son grises como tela de uniforme.

Sin la bata blanca resulta aún más corpulento. Lleva ropa de cazador con botas por encima de los pantalones de pana y jersey. Da la impresión de que acaba de despojarse de las cartucheras y de las liebres y perdices colgadas al cinto. Acabo de apreciar que tiene una buena mata de pelo entrecano, ahora completamente revuelto. Me extiende la mano de un modo formal.

Hijo, me dice, sé que es una visita totalmente inesperada.

Es una verdad tan irrefutable que guardo silencio. Mi madre le ofrece algo de beber, y él hace un gesto negativo con la mano.

No voy a andarme con rodeos, dice. Estoy aquí por mi hijo. Si no me equivoco continuáis siendo amigos.

Asiento y contengo las ganas de decirle que hace sólo unas semanas que lo he visto.

Hace unas semanas vino a vernos, dice él, y nos dijo que regresaba a México. Pero allí no ha ido. Y nadie ha vuelto a verlo desde entonces.

Introduce los dedos de ambas manos en el pelo y lo revuelve aún más.

Te seré sincero. No sé bien lo que quiero de ti. No tengo la menor idea de lo que ocurre. Pero no conozco a los amigos actuales de mi hijo si es que tiene alguno.

Le cuento que también yo lo vi hace unas semanas y que me pareció que todo le iba muy bien. Me callo lo de la llave.

¿Por dónde puedo empezar a buscar?, pregunta. Es una situación extraña, una pesadilla.

Mi madre está seria, se mira las mallas, pero no puede ponerse triste. Es más, en cuanto el Veterinario se marcha, deja de estar seria.

Quizá debería contratar a un detective, dice mi madre.

Me temo lo peor, digo yo. Hay algo muy raro en todo esto.

Ese chico siempre ha sido muy raro, dice ella.

Pero hay gente muy rara a la que no le ocurre nada raro.

¿Cómo puede ser eso?, dice mi madre. ¿Cómo puede ser la vida completamente distinta a lo que uno es? Le pasan cosas raras porque es raro. Y él es raro porque su madre es rara ¿o no?

¡Qué fácil te parece todo de un tiempo a esta parte!, digo.

Varias veces Alien me había querido advertir sobre Edu. Lo que me lleva a respetar su fuerte intuición. Y sobre todo que haya logrado hacer de la intuición una forma de vida, un oficio.

El lunes por la mañana me decido. Cojo el sobre con la llave y la dirección y le pido el coche a mi madre. La carretera está bastante despejada. El sol aún está derritiendo el campo. En la radio dicen que un hombre ha visto un ovni en Galicia. Dejo atrás las piscinas húmedas y brillantes cuando en el horizonte comienzan a surgir las cabezas de los edificios, que se dispersan según avanzo hacia ellos. Se dispersan y crecen. Crecen rápidamente. Pueblan la tierra. Descienden entre nubes y al rato se sitúan a ambos lados de la Castellana. El infinito avanza entre árboles, cruzando plazas y fuentes.

Eduardo siempre ha sido un genio para convertir lo fácil en difícil, sin embargo, al cerrarse a mi espalda la puerta color crema del apartamento 121, tengo la sensación de que como Alicia he atravesado un espejo y he pasado al otro lado con la facilidad y limpieza de lo imposible. La quietud de lo no habitado, de lo que ha sido abandonado, de lo que no está siendo pensado. Por las ventanas entra una claridad que no ha existido desde que nadie la ve. Claridad desperdiciada. Algunas persianas están a medio bajar. Detrás de ellas y de la azotea de enfrente, el mundo en movimiento siempre fiel a su apariencia y del que no falta nadie a pesar de que falte Eduardo.

Me asomo con precaución a cada una de las piezas que componen el apartamento porque no descarto la posibilidad de encontrarme a Eduardo desvanecido o muerto en alguna de ellas. Una puerta del salón da al dormitorio. Lo primero que se ve es la cama con las sábanas y la colcha revueltas, como si alguien hubiera tenido interés por examinar el colchón. Los cajones de la cómoda están a medio cerrar, las puertas del armario, abiertas. Una fila de trajes, que juraría que pertenecen a Eduardo, se exhibe con suntuosidad petrificada. Todos son de invierno. Los de verano se entrevén guardados en fundas de plástico con cremalleras por otra puerta del armario. Por lo menos seis pares de zapatos de invierno en perfectas condiciones se ordenan debajo de los trajes. En esta primera visita no abro los cajones del armario ni termino de abrir los de la cómoda. Y paso de largo ante las temibles fundas grises con cremallera.

Aún hay en la mesilla un vaso de agua sin agua y amontonados en una butaca bajo la ventana camisas usadas, unos pantalones y varios pañuelos. ¿Qué significa toda esta ropa sin su cuerpo? ¿Y esta escena que miro sin su vida? Porque el escenario remite a los últimos movimientos de Eduardo en la habitación, cuando las cosas quedaron como ahora están. El hecho de que Eduardo esté ya tan lejos de estas prendas que él en algún momento se ha quitado, o sea, que el cuerpo al que pertenecieron y del que aún conservan algo, ya no esté en el mismo sitio que ellas, supone, aunque confusamente, una evidencia fatal.

En la diminuta cocina la cafetera permanece sucia en el fregadero, y también unas tazas y unos vasos. En los armarios de la cocina no existe el orden y la organización de los armarios del dormitorio, lo que corresponde plenamente a la personalidad de Edu, a quien siempre le ha importado mucho más lo que se pone que lo que come. En el frigorífico hay una botella de leche en mal estado, algo que se puede hacer extensible a los huevos y que es evidente en el caso de unas ciruelas. El congelador, sin embargo, está lleno de abundancia de productos sin caducar. Y esta resistencia a perecer de los congelados es de nuevo descorazonadora. Están mucho más en consonancia con lo que le haya podido suceder a mi amigo las ciruelas, la leche y los huevos.

Parece que cualquier clase de pérdida exige estar rodeada de señales de pérdida porque de lo contrario el suceso habrá tenido lugar en un mundo indiferente a lo que cesa de estar en él. La misma zozobra que me produce su desaparición y la terrible idea de su posible muerte acentúan todavía más mi existencia. Porque no sólo siento lo que quizá él ya no pueda sentir, sino que siento con más intensidad de lo normal.

El piso no está muy abarrotado de objetos, pero si uno se dispone a examinarlos con cierta minuciosidad hay demasiados. Observo que en el cuarto de baño las toallas están bordadas con sus iniciales y también el albornoz, como si alguien le hubiera hecho un regalo. Y en la cocina hay un juego de tazas y cafetera que igualmente da la impresión de ser un regalo. Seguramente regalos de una mujer. Veo además en la misma cocina una cajetilla del tabaco que fuma Eduardo. Me enciendo un cigarrillo a pesar de que no fumo para ocupar un poco su lugar. No busco nada compulsivamente. No quiero nada compulsivamente. Edu no espera nada de mí. No hay prisa aquí dentro, ni rapidez, ni futuro. Hay el reposo del último instante del último día. Las toallas y el juego de café y todo lo demás están aquí conmigo, pero son anteriores a mí, contienen el secreto de todo el tiempo que no los vi y que no sabía que existían. Estos objetos, aun habiendo asistido a los secretos de Eduardo, no pueden revelarme nada. O puede que ante su revelación me encuentre ciego y sordo. ¿Por qué soy tan torpe y no comprendo? Tampoco la luna, las estrellas, la oscuridad, ni los árboles a la luz del día te hablan y te dicen así fui creado. Si esa comunicación existiera no habría misterio, ni secreto, ni el infinito delante de la mente. Es como si la realidad se explicase de una manera y nosotros comprendiésemos de otra muy distinta. Digamos que el ser humano no es tan natural como una planta o un animal porque no forma parte de la naturaleza, al contrario que él una planta o un animal la conoce y no tiene que esforzarse por entenderla. Seguramente la ropa de Edu desprende incesantes señales luminosas desde los armarios, pero yo soy incapaz de verlas. ¿De qué habrá hablado en esta casa? ¿En qué habrá pensado? Creo que siempre tuve la sensación de que hablaba de unas cosas cuando en realidad pensaba en otras.

La decoración funcional del salón encaja mucho con su personalidad. Casi todo el mobiliario es claro, menos las pantallas de las lámparas, de tonos cálidos. Hay bastantes periódicos tirados por el suelo, algunos libros también en el suelo. Cartas y gran cantidad de publicidad en la mesa baja situada ante los sofás. Sobre todo ello descansa un dedo de polvo perfectamente visible. Dudo unos segundos si lavar los cacharros del fregadero, incluso pienso en la conveniencia de meter las camisas y pañuelos sucios en la lavadora y limpiar el polvo de los muebles. Y enseguida desisto porque no importa que se quede así, a nadie le importa. Se trata del lugar de alguien vacío de ese alguien. El piso de Eduardo fuera de la mente de Eduardo. Sus trajes sin su cuerpo. Estas habitaciones confinadas en la realidad durante varias semanas me confiesan que Eduardo no va a volver.

Así que no limpio nada, ni siquiera me siento en los sofás, aunque sí meto los huevos, la leche y las ciruelas en una bolsa de plástico, que tiraré luego a una papelera. Salgo a la calle. El piso ha quedado escondido en un laberinto de escaleras y en un tumulto de puertas color crema idénticas. Y esto es todo lo que ahora queda de Eduardo. También queda el pasado, pero la verdad es que los acontecimientos son captados con una vista tan corta,

y un oído tan rudo, y la voz es tan limitada, y el
cambio tan momentáneo, que el pasado siempre
es un poco borroso.

Me gustaría decirle a mi madre lo del apartamento de Eduardo, pero no puedo fiarme de
ella. No creo que sea capaz de guardar un secreto.
De cara al puente se compró una montaña de revistas de decoración, una caja de botellas de buen vino y lo que tenga por ahí escondido. Digamos que
se autoabastece. Le pregunto por qué no pasa estos días con su prometido. Digo lo de prometido
con un tono distinto a todo lo demás.

Aún no tengo por qué estar con él en los
ratos libres. No nos hemos casado.

Se avecinan horas tranquilas con buen cine
y buen vino, perfectas, si no fuera porque no puedo
dejar de darle vueltas al asunto Edu. ¿Por qué sólo
yo conozco la existencia de este piso en Madrid?
Sé que no debo declararlo, sé que debo callar. Por
favor, Edu, aparece, no me gusta esto.

Por la noche llama el Veterinario. Está muy
nervioso. Acaba de hablar con México. Allí siguen
sin saber nada de su hijo, y ahora quiere hablar
conmigo por si yo tuviese noticias.

¿Recuerdas si en su última visita te dijo algo
que ahora pudiese ayudar?

Le digo que no recuerdo nada especial.

Haz memoria, hijo, haz memoria. Todo es
importante.

No se me ocurre qué ha podido suceder.

Aborrezco este fin de semana tan largo, dice a punto de llorar.

¿Sabes lo que es la desesperación?, dice.

La desesperación, repito yo.

Sí, la desesperación, la maldita desesperación. No hay nada comparable a la desesperación ¿sabes? Ni el amor, ni el odio. Date cuenta que te hablo de emociones intensas, bueno, pues nada es comparable. ¿Qué puedo hacer?, dice.

Lo siento, digo. Debe mantener la calma y la esperanza. En realidad, aún no sabemos nada.

La esperanza y la desesperación son incompatibles, pero la primera conduce a la segunda. Yo he decidido saltarme el primer paso.

Piense en su mujer.

Sí, pienso en ella. Pienso en ella. ¿Qué le ocurrirá cuando deje de importarme? Un paso más y ya no podré pensar en ella.

Me despido con palabras claras, sin intentar consolarle. Creo que es lo mejor que puedo hacer.

Mi madre, que desde que mataron al de la tintorería del Zoco Minerva ha cambiado mucho y ha perdido toda su piedad, coge el teléfono con impaciencia. Su charla ante mi presencia es desagradablemente cauta y misteriosa. Dice sí y no, y donde el otro día, y desde luego como siempre, mientras me echa miradas recelosas. Debe de tratarse de su novio o de su camello. Cuando cuelga, le pregunto por qué ha abandonado la gimnasia, qué ha sucedido con el monitor. En el fondo añoro la inocente época de Mister Piernas, en que podría jurar que sólo hubo deporte y sexo.

Con mi madre nunca se sabe. Los comentarios más tontos pueden herirla de una forma incomprensible y tornar su mirada sombría y aterradora, no para cualquiera, sino para mí, que he crecido observando los cambios de expresión de su cara. Lo peor de todo es que se aprende a desviar la mirada cuando ya es demasiado tarde, cuando ya se ha visto lo imprescindible para saber estar jodido. Así que he mencionado la bicha. Ahora que lo pienso, nunca hemos hablado de Mister Piernas desde que, poco a poco pero sin vuelta atrás, salió de nuestras vidas. Al mismo tiempo mi madre salió del Gym-Jazz y se metió en la clínica del dentista.

Apila las revistas, ordena la mesita que hay ante los sofás y se queda contemplándose en el cristal que la recubre, lo que no me gusta nada. Se pasa las manos por el pelo, que ahora lleva cortado a la altura del cuello.

Tu padre siempre decía: «Lo bueno está por llegar», y yo me lo creía. Cuando se repite tanto una frase parece que encierra la verdad. Pues bien, lo bueno ya ha llegado y se ha acabado. A tu padre siempre le ha gustado filosofar sobre la vida.

Mi madre está entrando en un estado de ansiedad preocupante. No veo el momento de que se levante a hacerse una raya. Me inquieta que no disponga de suficiente reserva para todo el puente. Respiro cuando dice:

Me he citado con una amiga en Madrid. No tardaré en volver.

Me acabo de sentir orgulloso de ella porque sabe conseguir lo que necesita, porque sabe cómo deshacerse de la mirada sombría y aterradora. Pienso que con la edad que tiene y a razón de cuatro o cinco rayas diarias, no padecerá un auténtico mono hasta los sesenta y cinco o más tarde, cuando el país esté surtido de estupendos centros de desintoxicación, y yo ya esté entrando en la madurez y esté tan preocupado por eso que no me importe mi madre.

El martes recibo una llamada de Tania desde México. Tiene una voz más dulce que antes, más cantarina y dice ahorita.

He pensado mucho en ti, le digo nada más oírla. Y me parece increíble que haya dejado de pensar en ella durante tantos ratos, días y semanas, aunque no meses. Creo que no ha pasado ni un solo mes sin acordarme de Tania.

Yo también me he acordado de ti, sobre todo ahorita. Tú conoces bien a Eduardo, al verdadero Eduardo.

No estoy muy de acuerdo con ella porque nunca me pareció que el Eduardo que yo conocía fuese el verdadero. Quizá ahora, lejos del entorno ante el que siempre se había visto obligado a mantener una imagen, fuese más espontáneo y sincero si es que tal cosa pudiera ser posible en Eduardo. No se lo digo.

¿Tanto ha cambiado?, pregunto.

Se arriesga demasiado. Es como si no le importase su vida. Corre mucho con el coche, bebe y fuma mucho, toma mil porquerías. Su cuerpo es un saco en el que no cesa de meter sustancias de todo tipo. Nunca está conforme, nunca está tranquilo, nunca tiene bastante. Ya es rico ¿sabes? En poco tiempo será tan rico como mi marido.

¿Qué clase de trabajo hace?

Nunca me he metido en eso. En realidad no lo sé. Negocios. Sacar dinero de aquí y meterlo allí. Hacer prosperar empresas que han fracasado. Alquilar aviones. Agencias de viajes. Mi marido dice que Eduardo es un genio, pero que se pasa de rosca, que no sabe cuándo hay que parar. Aquí tiene una casa preciosa en la Colonia del Hipódromo, pero no ha puesto los pies en ella desde hace mucho. Nadie lo ha visto. No consta en las listas de pasajeros de las líneas aéreas. No ha venido.

¿Qué quieres que haga yo?, le digo.

Lo que sea, lo que se te ocurra. Una vez me prometiste que cuidarías de él. Ese momento ha llegado. Seguro que lo encuentras.

No es una exageración pensar que Tania se pasa conmigo al hacerme depositario de toda su fe y esperanza. Si me dejase llevar, tendría que salir ahora mismo disparado hacia esas calles de Dios gritando el nombre de Eduardo. Supone una gran carga hacerte acreedor de la esperanza de alguien porque también te haces acreedor de su decepción. Y yo tengo miedo de fallarle a la única persona capaz de creerme infalible.

Le pido el coche a mi madre, que está enfrascada recortando anuncios de casas. Primero ha elegido los muebles y ahora busca el habitáculo donde meterlos. Parece feliz.

Hay verdaderos chollos, dice.

¿Es que esta casa no te gusta?, digo.

Ésta siempre será nuestra casa, cariño. No pienso venderla ni nada de eso. ¿Pero qué me dices de una auténtica mansión? Hay dinero para eso y para más. Todo nuevo, absolutamente todo, comprado por mí.

Claro, digo, y salgo a la niebla atravesada por los faros de los coches de una carretera fantasmal. Se ve muy poco, como si atravesara paño gris o mejor una nube gris, en cuya travesía todo se humedece. La nube también envuelve Madrid, y los picos de los edificios más altos la atraviesan suavemente. Tiro por la Castellana. Cruzo plazas y bordeo fuentes. Como en un sueño vuelvo otra vez a un lugar irreal. Cierro la puerta del apartamento 121 y paso al salón. Del salón voy al dormitorio y luego al cuarto de baño y a la cocina. Ocurre algo raro. Presiento que no todo está como lo dejé. Voy mirando con detenimiento, reconociendo. Algunas cortinas están corridas, y el vaso sin agua de la mesilla no está. Lo veo en el fregadero de la cocina. En el baño hay una toalla en el suelo. Me pongo muy nervioso al advertir que alguien más tiene la llave. ¿Y si es Eduardo quien viene de vez en cuando a echar un vistazo y se va? Puede que viva en otro sitio y que no le interese llevarse nada de lo de aquí. Es una idea peregrina porque alguien que se ocupa de guardar los trajes en fundas con cremalleras no los abandona. Ni siquiera Eduardo lo haría. Ni tampoco se dejaría la ropa interior. No es él quien viene por aquí. Y si viene, no quiere que se sepa.

No me encuentro cómodo pensando que esa o esas personas, que no se molestan en estirar la ropa de la cama ni en lavar los cacharros del fregadero, sino que se limitan a darse una vuelta por el apartamento y tal vez a ducharse, puedan meter la llave en la cerradura, entrar y encontrarse conmigo. Parte del correo está abierto. Son extractos de cuentas bancarias, informes de entidades financieras, publicidad. No hay ninguna carta de tono personal. Lo dejó como está. No quiero de ninguna manera que los otros sepan que vengo. Aunque de pronto dudo de que no fuese yo quien corrió las cortinas, dejó el vaso en la cocina y sin querer tiró la toalla, porque no siempre se está pensando en lo que se está haciendo. Al cabo del tiempo el cuerpo acaba pensando solo. Un mínimo de cerebro para hacer lo que se está acostumbrado a hacer mientras que la conciencia se alarga y llega más allá de los ojos y del oído e infinitamente más allá de las manos. Estoy aquí para encontrar algún rastro de la conciencia de Eduardo. Una conciencia sin cuerpo, pienso mientras registro los bolsillos de los trajes de invierno, de los abrigos y, al abrir desgarradamente las cremalleras de las fundas, los de los trajes de verano. Tal vez cuando ya haya dejado de intentarlo, cuando ya no pretenda nada, ni busque nada, y el universo funcione con su calma

habitual, entonces surja la luz de múltiples maneras, la revelación, pienso mirando la cama revuelta, las cortinas corridas, los muebles llenos de polvo, el correo abierto, los libros, los periódicos en
el suelo. Cierro, y tras de mí va quedando el laberinto de puertas color crema.

Unido a éste por la autopista hay un remoto mundo real.

El mundo real me devuelve al videoclub y al
sueño de hacer un corto. Anoto varias ideas que me
parecen buenas. Si no fuera porque tengo la llave,
podría olvidarme de Edu y el apartamento. El último día de vacaciones mi madre, con los ojos brillantes por sus continuas idas y venidas al baño,
me dice:

Ya queda poco, hijo mío.

La Gran Memoria nunca descansa. Hay que
tener esto en cuenta. En cuanto diese una ligera
cabezada nos iríamos al garete, ya no seríamos pen-
sados con un mínimo de sensatez. Así que considero que la rutina de mis días obedece a la cordura
de alguien. Llego al Apolo. Asciendo por las escaleras mecánicas. Coloco las cintas y tomo café en el
burger de al lado con un ojo puesto en mi tienda.
Las mañanas están tan muertas que me permiten
verme al menos una peli con tres o cuatro interrup-
ciones generalmente de los pornófilos. Vienen por
la mañana, lo que me hace pensar que tienen mucho
tiempo libre y que seguramente el alimento que

demandan sus mentes es grande, pero que ellos, siguiendo la teoría de Alien, las alimentan básicamente con lo mismo de siempre. Todos tendemos a no salir de lo que conocemos, a no aventurarnos. ¿Puede ser la imaginación tan miedosa? Si no lo fuese, preferiría la novedad a la costumbre, sin embargo, gana la costumbre.

Por ejemplo Sonia. A las ocho empuja la puerta de cristal y la firmeza de sus tacones la conducen al mostrador, donde espero a mi jefe ya con el dinero dispuesto. Como la vez anterior, le cedo el taburete y le pregunto si quiere tomar algo. Se enciende un cigarrillo, me dirige la primera bocanada de humo y contesta que se tomaría un refresco de naranja, pero que como los refrescos en el fondo tienen tanto gas como la cerveza, prefiere una cerveza. Vuelvo con un bote en cada mano y me dejo acariciar por el verde azulado de sus ojos. Son los ojos más bonitos que he visto nunca. Sólo estos mismos cuando los vi por primera vez los pueden superar. Le digo que me alegro de que haya vuelto, de que sea ella quien se encargue del dinero. Sonríe y dice que quizá yo esté deseando largarme de aquí después de tantas horas.

Seré rápida, dice.

Le digo que se tome la cerveza con tranquilidad.

Ahora no estoy trabajando. Ahora estoy contigo. Es diferente, le digo.

Estoy tan seguro de que me la voy a tirar que podría jurarlo sobre la Biblia.

¿Hace mucho frío fuera?, pregunto.

Es una noche muy desagradable. Creo que me tomaré otra, dice tendiéndome el bote vacío.

Vuelvo a entrar por la puerta y ella sigue estando ahí, sobre el taburete, tras el mostrador, completamente extraña en mi imaginación por no ser como Tania ni como la chica soñada de la Filmoteca. Los artificiales rizos rubios le caen sobre el jersey negro, y un candor en su mirada como de muñeca antigua me atraviesa el corazón. Le acaricio uno de los rizos y luego le cojo la mano y la conduzco a la trastienda.

¿Qué opinas de las desapariciones de la gente?

¿A qué desapariciones te refieres?, dice ella desconcertada, con una expresión tan desvalida que aunque no me apeteciese le haría el amor.

A las de los que un día, de buenas a primeras, se los traga la tierra, y nadie vuelve a saber nada de ellos.

A nosotros no nos va a pasar eso, dice poniéndome la mano en el hombro y bajándola por el brazo y aproximándose por completo a mí. Entonces la separo y le digo:

Antes mírame.

Eres un romántico, ¿lo sabías?

Durante los días de diario sólo podría acercarme por el apartamento de Eduardo al mediodía, lo que, al no disponer del coche de mi madre, resultaría bastante incómodo. Lo pospongo al fin de semana y me concentro en Sonia y la trastienda. Me estoy volviendo un adicto a la repetición, creo que mi cerebro sólo consume con verdadero gusto ese momento, al final de la jornada, en que la veo empujar la puerta de cristal y venir hacia mí entre las cintas de vídeo cuando la calefacción y la iluminación del Apolo están a punto de estallar y afuera sobre los coches aparcados y los árboles y la tierra, que comienza donde termina el asfalto que rodea el Apolo, va cayendo un fino e invisible hielo negro. En algún instante me ha tentado la idea de adecentar la trastienda, de decorarla y poner una especie de diván que nos haga más cómoda nuestra pasión, pero entonces la repetición se quebraría y la facilidad nos debilitaría. Lo hacemos de pie o en el suelo o ella apoyada en la mesa que me sirve para catalogar las cintas, nunca nos quitamos por completo la ropa ni luego podemos estar un rato tendidos charlando. Cuando terminamos, me da un último beso y se marcha. De la misma forma que el hielo negro, el viento y la luz, también el calor del cuerpo de Sonia viene de alguna parte del universo y tiene su propia duración, que no se puede alargar aunque se quiera, por eso no lo intento. Viene y se va. Cuántas cosas habrá que no lleguen hasta mí. Lo que me alcance en toda mi existencia será lo que tenga, una mínima parte de lo que hay. Si pensara en esto me desesperaría tanto como el Veterinario, aunque tal vez la diferencia entre él y yo, entre Eduardo y yo, incluso entre mi madre y yo, es que a mí la realidad que tengo me deja existir y a ellos la suya no.

La desesperación si no se abre paso a través de las palabras, lo hace a través de los gestos y si no la despide la mirada apagada y resignada de quien ha acabado por aceptarla. Mi jefe lucha de igual a igual con ella. Me pregunta por la hora a la que llega Sonia a recoger el dinero, y luego si se marcha enseguida y si me he fijado si viene acompañada, o sea, con alguien que la espere para marcharse de nuevo juntos, si tiene prisa. Me sugiere que de no haber prestado antes atención a estos pormenores se los preste de ahora en adelante. Le digo que no ha habido nada en su forma de conducirse que me haya chocado.

Siempre sube y baja sola.

Ya, dice él dándole vueltas sin parar al solitario en el dedo. En cualquier caso, me gustaría que la observaras.

De acuerdo, digo.

El mismo sábado, nada más comer, le pido el coche a mi madre y salgo a la carretera. Transparencia fría. Los pájaros penetran en ella con alas ligeramente doradas. Las líneas severas de las ramas peladas y de la sierra a lo lejos se acercan hasta mí llenas de detalles. También el ruido del tráfico y de los pájaros y de la vida microscópica del aire atraviesa el cristal de la ventanilla. Las fachadas de la Castellana se incendian en algunos puntos con fuego que se traslada de espejo en espejo como un fantasma. Me sorprendo de que cada vez que busco la puerta del apartamento 121 la encuentre, que cada vez que cierre los ojos el sueño aparezca. Abro la puerta y el ruido de la vida normal cesa. La ventana del dormitorio está entreabierta y los visillos ondean hasta la cama. La cierro. El sueño es helado y seco. No me quito el gabán alemán y busco algo de beber en los muebles del salón y de la cocina. Encuentro un surtido de botellas en distintas fases de consumo. Me siento con un coñac en el sofá, los pies en la mesa, la nuca en el respaldo. Si ahora mismo desapareciese, nadie podría saber que he venido aquí. Quizá Edu se escondía aquí para darle esquinazo a la Gran Memoria y lo logró hasta ser borrado y aniquilado, porque sólo hay una forma de escapar.

De pronto me petrifica el sonido de la cerradura, de una llave girando en la cerradura y pienso que ha llegado el momento de despertar. Pero en lugar de despertarme la puerta se abre. Tengo el vaso en la mano, levantado como si fuese a brindar o a darle la bienvenida al recién llegado y la cabeza girada hacia la entrada. Soy una estatua que no puede moverse y que ve cómo entra Wei Ping. Ella no repara en mí en un primer momento, pero cuando avanza un poco más y me ve, ahoga un grito y se vuelve hacia la puerta que acaba de cerrar. Lleva un abrigo de paño y un sombrerito y por la espalda se precipita una larga cola de caballo.

Pasa, le digo. No tengas miedo.

Me mira con los ojos tan abiertos como puede abrirlos una china. No es exactamente Wei Ping, aunque podría serlo si yo no la hubiese observado con tanto detenimiento cuando era pequeña. Son de verdad el pelo, la tez, los ojos entre dos pliegues del rostro y los labios frescos y rojos de Wei Ping, a pesar de que no sea ella.

Es incapaz de hablar. Me temo que el gabán alemán me da un aspecto algo agresivo, así que dejo el vaso en la mesa con el cuidado con que dejaría una pistola y me lo quito. Se cruza el abrigo sobre el pecho y retrocede.

Le digo: Soy amigo de Eduardo.

Ella no habla, aún tiene la llave en la mano, una llave como la mía, nueva y brillante.

No voy a hacerte nada, repito. Estoy aquí porque soy amigo de Eduardo y porque tengo una llave como ésa.

Creía que nada más la tenía yo, dice en un español, no de aquí, sino de los sueños importantes.

También yo. Me has asustado de verdad. ¿Has sido tú quien ha abierto la ventana del dormitorio y quien el otro día dejó una toalla en el suelo del cuarto de baño y quien llevó el vaso que había en la mesilla a la cocina?

No lo recuerdo. Creo que usé la toalla.

¿Crees que alguien más viene por aquí?

Ahora todo es posible, dice.

Para ganar su confianza le muestro mi llave. Le digo:

Ven, siéntate. No te quites el abrigo, esto es una nevera. ¿Quieres un coñac?

Ante mi sorpresa, asiente. No tiene aspecto de beber alcohol, pero tampoco mi madre tiene pinta de cocainómana.

¿Sabes? Tienes cara de llamarte Wei Ping.

Niega con la cabeza mientras da fin a la copa. Le sirvo más sin ningún signo de rechazo por su parte.

Digo: Para entrar en calor es lo mejor. Dime cómo te llamas. Mi nombre es Fran.

Entonces ella me dirige la mirada asombrada del principio:

¿Fran?

¿Qué tiene de malo?, digo yo.

Eduardo me habla mucho de ti. Pensaba que eras una especie de invención.

¿Por qué?, pregunto confuso y alterado.

Por las cosas que cuenta de ti. No parecen reales.

No me digas. Edu tiene mucha imaginación.

Tenía curiosidad por conocerte, dice mirándome de arriba abajo. En este momento me arrepiento de no haberme puesto los Levi's y la O'Neill.

Yo, sin embargo, no sabía nada de ti, le digo. Jamás te ha mencionado.

Se termina lo que queda del coñac de un trago y dice:

No quiere que nadie me conozca, que nadie sepa que existo. Dice que es peligroso.

¿Peligroso? Entonces es que se sentía en peligro. ¿De quién tiene miedo? ¿Te ha contado algo?

Se encoge de hombros. Balancea la copa vacía entre las rodillas. Lleva medias negras de lana bajo la falda.

Dime ¿cuánto hace que no lo ves?

Un mes. Desde entonces llamo aquí constantemente por teléfono y vengo casi todos los días por si aparece, por si me deja algún recado, por si noto algo. Un día noté que había sacado del frigorífico los productos en mal estado y me puse muy contenta. Creí que había estado viajando y que no había tenido tiempo de ponerse en contacto conmigo, pero no he vuelto a saber nada. Se ha debido de marchar de nuevo. Tal vez yo ya no le interese.

Fui yo quien se deshizo de los productos en mal estado. Lo siento. ¿Siempre os veíais aquí?

Afirma con la cabeza.

Era nuestro hogar. Cuando estábamos juntos nadie podía encontrarnos, molestarnos, interrumpirnos. Todo lo que conocemos el uno del otro es a través de lo que nos contábamos aquí.

Entonces te das cuenta de que gran parte de lo que te decía puede ser mentira ¿o no?

Menos de lo que creía. Tú, por ejemplo, eres de verdad.

No sé qué hacer, digo. Es todo muy extraño. Me entrega la llave justo cuando va a desaparecer.

¿Qué tiene de extraño que su novia y su mejor amigo tengan una llave de su apartamento? ¿Y qué tiene de extraño que esté ausente un mes? ¿Qué tengo de extraña yo? ¿Y este piso? Si nos ponemos en este plan todo es extraño: ¿De dónde venimos? ¿Adónde vamos? ¿Por qué hacemos lo que hacemos? ¿Por qué eres blanco y yo soy oriental?

Me gusta que seas oriental. Me gusta tanto que siento remordimientos.

Quería que yo decorase el apartamento a mi gusto, así que había empezado a traer algunas cosas. Me pasaba todo el día pensando qué es lo que quedaría bien aquí. Creo que debemos esperar. Más ahora que sé que no estoy sola. No lo estoy ¿verdad?

No, le digo y añado algo que he oído en alguna peli de la tele: Estamos juntos en esto.

Mi nombre es Yu, que quiere decir Jade.

Lavo las copas, las seco y las guardo, así como la botella, y le pongo el abrigo a Yu, que desprende un olor dulce e íntimo.

Mira, le digo, pase lo que pase creo que no deberíamos mencionar este sitio. Él no quiere que se conozca.

Nos despedimos en el portal. Le paro un taxi y le digo que dentro de dos días volveré de nuevo por aquí.

A mediados de la semana siguiente hay una llamada de la policía. Es la primera vez en toda nuestra vida que en la casa de la calle Rembrandt se recibe una llamada de la policía, lo que hace pensar que nada de lo no ocurrido anteriormente tiene por qué dejar de ocurrir en el futuro. Y que por tanto, nada del pasado garantice el presente. Tal vez por eso mi madre repite con insistencia: Lo que nos faltaba.

Se me pide que me acerque por la comisaría con los padres de Eduardo. El tiempo ha mejorado y cuando vienen a recogerme en el Mercedes hace incluso calor. Marina lleva un abrigo de piel hasta los tobillos que parece inapropiado para la mujer de un veterinario y que se derrama en oleadas de lomos brillantes sobre el asiento.

Por el retrovisor veo las facciones del Veterinario sumidas en una seriedad terrible, el tipo de careto que se nos pondría a todos si se nos anunciara que dentro de unas horas nuestro planeta iba a ser arrasado por algún tipo de catástrofe y que no iba a quedar nada en pie.

Le pregunto si hoy no va a trabajar, y niega con la cabeza. No tiene ganas de hablar. Veo el brillo de las carrocerías y las suaves ondas del pelo de Marina.

Mi madre les manda sus saludos, se me ocurre decir.

Tu madre, dice ella meditando intensamente, ¡qué mujer tan animosa, tan fuerte! Siempre la he envidiado.

Todo ha llegado al final, dice de pronto el Veterinario.

Por favor, no digas eso. No puedo soportarlo, dice Marina.

Pienso que hace un día maravilloso. El sol atravesando tejidos y calentando la sangre. También a Eduardo le gusta el sol a pesar de la alergia. Tal vez haya huido a uno de esos países que siempre están a veinticinco grados. ¿Por qué no?

Digo: Puede que Eduardo haya decidido tomarse un descanso.

¿Un descanso de qué?, dice el Veterinario.

Un descanso de su vida, dice Marina. Yo también lo he pensado.

A veces a uno le tienta la idea de ver qué pasa sin todo lo que tiene, digo.

Estáis buenos, dice el Veterinario, aparcando bruscamente junto a la comisaría. Nada, absolutamente nada de lo que se piensa se puede llevar a la práctica.

Me parece monstruosamente falso lo que dice, pero no es el momento de contradecirle. En general no creo que valga la pena contradecir al Veterinario.

Repetimos ante la policía lo que sabemos de la última visita de Edu. La policía demuestra interés por sus actividades en México y sobre todo por la figura del gángster y dice que va a pedir informes a la INTERPOL. El Veterinario echa una mirada muy escéptica a su alrededor. Yo tampoco creo que estén tomando el camino apropiado. Me entran enormes deseos de volver a ver a Yu. Ya nunca podré decir lo del apartamento a no ser que ellos lo descubran.

Es mediodía cuando salimos. Y me despido en la puerta. Necesito libertad. Las ventanas de los pisos altos lanzan destellos plateados al espacio. El suntuoso coche del Veterinario arranca y desaparece entre otros coches. Máquinas con cerebros en su interior, que contienen millones de neuronas dispuestas a pensar sin limitaciones. Aun así milagrosamente discurren como una sola. El ardiente metal deslizándose por una ligera pendiente hacia el mar. Surcando el mar, el Veterinario tomará la autopista y comenzará a alejarse, a alejarse, hasta que deje la gasolinera a la izquierda y el Centro Cultural a la derecha, hasta que pase la rotonda y la vereda de álamos y las enormes letras rojas del Híper al fondo y ascienda entre suaves tejados de pizarra por el cerro hasta su casa y allí abra la verja y luego la puerta negra con la placa dorada y él y su mujer se introduzcan en su interior para siempre.

Vuelvo en autobús sentado en la primera fila de asientos. El conductor me pregunta si han encontrado ya a mi amigo. Le digo, realmente sorprendido, que no podía ni imaginarme que la noticia hubiese trascendido. El conductor me dice que en un sitio así, se refiere a la urbanización, todo se sabe.

¿Y por qué?, pregunto interesado.

¡Ah! Es un misterio. Intenta mantener algo en secreto. Verás como no puedes.

Este mismo conductor es quien nos traía de vuelta muchas noches cuando Edu y yo salíamos a beber y Edu siempre se mareaba mucho más que yo, hasta límites verdaderamente asquerosos. Bueno, pues mientras que nosotros nos hemos hecho unos hombres como suele decirse, el conductor sigue igual. El cielo se vuelca en la luna del autobús, así que todo lo que se ve por la parte delantera es azul.

Recuerdo cuando erais más jóvenes tú y ese amigo tuyo rubiales, el que ha desaparecido. Os sentabais atrás con la peña, bien mamados por cierto.

Hago lo que habría hecho Eduardo, marcar las distancias adoptando un vocabulario distinto al del autobusero.

No sé quién ha divulgado una falacia semejante.

Bueno, yo no lo he inventado, dice él con aires de menos confianza. La policía ha estado preguntando por ahí.

Ya veo, digo concentrándome en el horizonte.

Mira chico, dice cambiando de marcha, yo conozco bastante a tu madre. La pobre ha sufrido mucho, así que no te las des conmigo.

Me quedo desconcertado.

Lo pasó muy mal cuando no aprobaste la selectividad. Y muy, muy mal cuando os abandonó tu padre.

¿Cómo dice? Usted no tiene ningún derecho a saber eso.

¿Ah no? ¿Quién lo dice, tú?

Son cuestiones íntimas que sólo nos atañen a mi madre y a mí.

A estas alturas todos los de las primeras filas están con la antena puesta. Y uno se atreve a intervenir con total desfachatez:

¿No eres uno de los chavales que encontrasteis los pájaros muertos en la laguna? Lo que has cambiado, joder.

Es portentosa la memoria de los habitantes de la ciudad más cotilla del mundo.

Claro que es, dice el autobusero. Yo conozco a su madre. Hubo unos años en que cogía a diario, siempre a la misma hora, mi bus para ir al Gym-Jazz. Se sentaba ahí, donde hoy va sentado su hijo.

Todos miran hacia mí.

Así que el de los pájaros, dice otro. Un asunto raro ¿verdad?

Hablan de lo que para ellos es sólo ayer en tanto que para mí es el pasado más remoto, la prehistoria de mi vida. Es como si le dijeran a alguien: Así que eres uno de aquellos a los que rebanaron el pescuezo en La Bastilla.

El autobusero dice: Perdona que te lo diga, pero tu padre se portó muy mal. Y tú has debido terminar los estudios. Le hubieras dado una alegría a ella.

¡Ya sé quién es tu madre!, dice otro. Claro, estuvimos juntos en la APA luchando codo con codo.

En todos los años que llevo subiendo a esta mierda de bus jamás ha ido tan despacio. Parece un paseo de recreo. Los viajeros que no participan de la charla van admirando el paisaje por las ventanillas o leyendo el periódico con parsimonia u observando al resto. Salgo de mi mutismo para pedirle al autobusero que le dé caña.

Voy a llegar tarde a trabajar, le digo.

¿Trabajas? Eso está bien, dice él.

Lleva el videoclub del Apolo, dice el que me ha identificado como uno de los que descubrimos los pájaros muertos y por cuya mente está pasando toda mi vida con pelos y señales.

Entonces mandaré a mi mujer allí a cambiar las cintas. Hay que ayudar al que empieza a ganarse el pan.

El ex compañero de mi madre de la APA dice:

Pobre muchacho, un deportista como él, y ya ves.

Como ahora no me miran entiendo que no va por mí. Me he perdido, pero no ellos, que pueden seguir el hilo que une las más dispares ideas. En el horizonte empiezan a surgir las manchas blancas, rojas y negras de los chalets.

En el gimnasio al principio no sabían qué hacer sin él, dice al autobusero.

Mi mujer me contaba, dice el de la APA, que el alumnado lo reclutaba él, y que cuando se retiró la matrícula cayó en picado.

Casi tienen que cerrar, dice el de los pájaros.

Ahora soy uno de ellos, me intereso vivamente por lo que dicen, quiero enterarme y pregunto de quién hablan.

Me miran con incredulidad.

De Pedro, el monitor de gimnasia del Gym, el que siempre estaba corriendo con una cinta en la frente.

Hablan de Mister Piernas y me miran con incredulidad porque todo el mundo debe de saber que estaba liado con mi madre, así que no pregunto más y miro hacia otra parte.

Empezó a sentirse deprimido, dice el de la APA, y acabó por dejar el trabajo, por dejar el deporte y por vender la casa.

Pasamos la gasolinera, el Centro Cultural, la vereda de álamos y al fondo las grandes letras en rojo del Híper. Nos introducimos por calles de aceras rojas, que se van apagando poco a poco, y al final enfilamos hacia el Apolo, cuya luminosidad se funde con la palidez del atardecer.

Buena suerte, chico, me dice el autobusero. Recuerdos a tu madre.

Durante toda la tarde pienso con ansiedad en la visita de Sonia. Y no me da miedo pensarlo porque si falla puedo pensar en Yu. No pasa nada, no es el fin del mundo. La sencillez en la vida es la muerte. Sencillez por mucho que se diga es precariedad. La vida de un adulto no puede ser sencilla, es imposible, a no ser que renuncies sistemáticamente a tener todo lo que quieres. Así que tanto mi padre como mi madre en el fondo me conmueven.

A las ocho empuja la puerta de cristal y avanza entre las estanterías hacia mí Sonia mirándome con los ojos más bonitos que haya visto nunca. Se enciende un cigarrillo, se sienta en el taburete y me dice que pensaba venir en autobús, pero que luego le ha parecido que tal vez llegase tarde y se ha decidido por el coche. Le doy un beso y le digo que voy a sacar unas cervezas de la máquina. Le digo que traeré cuatro para no tener que volver. Coloco el cartel de cerrado y pasamos al cuarto de atrás. No le pongo al tanto del riesgo que corre con mi jefe. Y no lo hago porque no me siento responsable de lo que le ocurra en cuanto las puertas de cristal del Apolo se abran mágicamente ante ella para que salga. No tengo ni la más mínima idea de cuál es su vida fuera de aquí. Quizá mi jefe sea el tipo menos peligroso de todos los que conoce. Cómo puedo defenderla de lo que no sé. Sólo quiero repetir una vez más y ella también. Me tranquiliza pensar que ninguno vayamos a dar un paso fuera de la repetición, tampoco mi jefe.

Hoy puedo quedarme más tiempo, dice. Podemos hacerlo todas las veces que quieras.

Es tentador, pero supone un paso fuera de la repetición, así que le advierto que lo haremos una sola vez. Mi inflexibilidad la excita de tal modo que me va despojando de ropa con una determinación llamativa en la mujer más indecisa del mundo. Es la primera vez que estoy completamente desnudo y ella completamente vestida, lo que la reviste de autoridad para hacer conmigo lo que quiera. Se lo digo:

Haz conmigo lo que quieras.

Al día siguiente no me concentro en la idea de que venga Sonia. Pienso en Orson Welles y en Yu. Por lo que no me sorprende que la puerta de cristal sea empujada por el del solitario. Si no tuviese en la cabeza el asunto de la desaparición de Edu y del apartamento, y a mi madre abocada a la droga y al doctor Ibarra, y el corto que quiero dirigir, me intranquilizaría el nerviosismo de mi jefe.

Mira, dice haciendo un gesto con su delicada mano que abarca el conjunto del local. De aquí saco lo comido por lo servido. No lo liquido por ti.

Le miro con la boca abierta.

Sé que no tienes otra cosa, por eso no me decido a echar el cerrojo.

Tal vez con un poco más de tiempo, digo yo. La gente necesita acostumbrarse a ir a los sitios.

Es igual, es igual, dice. No gano, pero tampoco pierdo. Quédate. Pero ándate con ojo.

Me encuentro torpe. Estoy empezando a no entender todo lo que me dice la gente.

¿Quieres decir que si un día de éstos las pérdidas superan las ganancias no te lo piensas más y cierras?

Claro como el agua.

¿Qué me dices de Sonia?, dice.

Ayer estuvo por aquí. No vino nadie con ella. Es una buena chica.

¿A ti te parece una buena chica?

Por completo. Es muy seria. Viene, recoge el dinero y se marcha. A veces creo que se da una vuelta por las tiendas, se toma un café, en fin que hace un poco de tiempo al entrar o al salir.

¿Te da conversación?

Muy poca, a lo más me comenta que había mucho tráfico o algo así. Me da la impresión de que no le caigo bien, digo.

No es eso. No te lo tomes así. Te encontrará demasiado joven, pensará que no tenéis nada que deciros, dice.

Bueno, eso es verdad, digo. Las cosas están bien así.

Sí, dice él. Es una pena que a Sonia le interese tanto el dinero.

No tengo por costumbre contarle a mi madre nada del videoclub. La verdad es que no le cuento nada de nada, de lo que me alegro desde que conozco su gran inclinación a desahogarse con cualquiera. Por supuesto no le transmito los saludos del conductor del autobús. Afortunadamente ahora va y viene en coche propio y tiene menos posibilidades de relacionarse con gente que me conoce. No sé si es normal que todas las noches nos trinquemos cenando una botella de tinto. Lo cierto es que nos vamos a la cama bastante alegres o felices, como se quiera. Ella no se da cuenta de que cuando se case, en lugar de pasar la velada conmigo tendrá que pasarla con el doctor Ibarra, el de gafas de aros dorados, el que no tutea ni a su padre, el que, me da la lamentable impresión, nunca podrá estar a la altura de Mister Piernas en el asunto del amor.

No sabía que tu monitor de gimnasia se hubiese marchado de la urbanización, digo sin acordarme de que es el único tema del que no le gusta hablar.

Muchos se han marchado de aquí. Nosotros también nos iremos, dice.

Sueña con que me voy a instalar con ella y el doctor Ibarra en su imaginada mansión decorada con imaginados muebles.

El sábado por la tarde, después de comer, me encamino con el coche de mi madre al apartamento de Eduardo. Según están las cosas tengo que ir olvidándome de las quinientas mil pelas y del coche de segunda mano. Me cansa la pobreza. Tal vez tendría que buscar un trabajo de verdad, de esos de los que sales agotado y cuya remuneración te permite ser un consumista medio. Echo de menos consumir con regularidad. Ir, por ejemplo, a unos grandes almacenes y encapricharme con chorradas y comprármelas. Debe de encerrar un gran placer el hecho de poder tirar el dinero. Lo que me gustaría de verdad es regalarle un montón de cosas a Yu. Desde que la vi el otro día casi no puedo imaginarla, es un sueño demasiado grande. Cuando imaginaba a Wei Ping y a Tania, las imaginaba reales. Sin embargo, la forma de Yu es demasiado ideal. Creo que nunca la tocaré.

Tomo el ascensor y me interno por el laberinto de puertas hasta la 121. No encuentro huellas de que Yu haya vuelto por aquí en mi ausencia. Reviso los detalles del escenario y los encuentro como la última vez. Me sirvo un coñac sin quitarme el gabán y me tienta la idea de poner música, pero no creo que se deba oír música en este apartamento. No creo que nadie deba advertir mi presencia. Sin embargo, sí que podría encender la calefacción porque cuando me marche, el piso volverá a enfriarse y será como si nunca la hubiese encendido.

Los radiadores se calientan con una celeridad pasmosa, y al rato ya no se está tan mal aquí. Me entretengo en ordenar la correspondencia en un montón en la mesa y en hacer otro montón con los periódicos. No sé si habrá algo que deba buscar. Lo que sea debería buscarlo más a fondo entre los papeles y la ropa, pero, aunque me cueste reconocerlo, Eduardo ha dejado de interesarme. Algún día todos hemos de desaparecer, si no es de una manera, es de otra. Creo que ha llegado el momento de limpiar la cocina y el polvo de los muebles. Procuro realizar estas tareas sin apenas ruido. El coñac me anima, pero me hago el propósito de traer unas cervezas el próximo día. El dormitorio no lo toco, dejo la ropa como está, la de la cama revuelta sobre el colchón, las camisas y pantalones en el sillón, y los armarios abiertos como si de un momento a otro el dueño fuese a alargar el brazo y a coger una percha. Todo lo hago para que Yu se encuentre cómoda. Espero oír el ruido de la cerradura y verla entrar como el primer y único día que entró. Pero las formas ideales no son reales y no vienen.

Llega un momento en que creo que no debo esperar más y salgo del laberinto que guarda el secreto.

Cuando regreso a casa, recibo una llamada de Tania. En España son las once de la noche y en México las cuatro de la tarde. Dice que necesita hablar conmigo con una voz tan musical que casi no entiendo lo que dice.

Mi hermano se estaba relacionando con gente muy peligrosa, dice.

Le aconsejo que se lo cuente a la policía simplemente porque no se me ocurre otra cosa.

No es tan fácil, dice. Mi marido no quiere saber nada de la policía. Se le echarían encima.

Yo no puedo hacer nada, le digo.

En México todo es más difícil, dice. Compréndelo. Eduardo y yo somos extranjeros.

Ya, pero aquí estamos como al principio. No hay rastro de Eduardo.

Hablas como si hubiera..., dice con desesperación atenuada por el acento melodioso, como si hubiera...

Entonces se me ocurre preguntarle algo que he deseado preguntarle durante bastante tiempo, aunque ahora ya no lo desee tanto:

¿Eres feliz?

Como es natural al principio se desconcierta un poco, pero enseguida contesta:

Eres tan romántico. Los románticos inspiráis mucha confianza. Sois incapaces de hacerle mal a nadie.

¿Estás segura?

Completamente.

Tú nunca has sido romántica ¿verdad, Tania?

Te adoro, créeme.

Voy a decirte lo que de verdad creo. Eduardo no va a volver. No sé si le ha ocurrido algo o si ha desaparecido voluntariamente. Sólo sé que no va a volver. Quítate de la cabeza que vayas a verle de nuevo. Lo siento.

Noto que Tania sufre, que le he hecho daño. No deberías decirme eso.

Lo sabes tan bien como yo. Tal vez sea él mismo quien se ha arrancado de nuestra vida. Yo tampoco se lo perdono.

Es tan maravillosamente guapo, dice Tania. ¿Recuerdas cuando nos bañábamos en la piscina? Tú eras tan masculino, y él, a él le desesperaba no ser como tú.

Creo que es demasiado inteligente para dejarse engañar por nadie, para dejarse acorralar, para que hayan podido con él, digo yo.

Sí, tal vez, dice Tania. Pero le echo de menos. ¿Sabes una cosa? Cuando éramos niños, con mucha frecuencia soñaba que Eduardo se perdía y que no podíamos encontrarle. Se perdía en una muchedumbre. Tan menudo, tan delgadito, de pronto desaparecía entre los demás como si se lo hubieran tragado los huecos entre los cuerpos y los ojos que lo ignoraban. O íbamos de paseo por el campo y de repente el espacio que había ante nosotros se abría, se hacía inmenso y dejábamos de verlo, nada más. Me aliviaba tanto saber en el fondo que se trataba de un sueño. ¿Es esto un sueño?

Ante un sueño se duda, pero no ante la realidad. Ésa es la gran diferencia. La realidad es incuestionable.

Siempre has parecido mayor de lo que eres, en serio.

Le hubiera preguntado por qué ella nunca había estado en mi mundo. Por qué no pasó ni por un segundo a mi vida. Pero ¿qué podía saber de algo que nada más había apreciado yo? ¿Qué podía saber de sí misma en mí?

Hacía siglos que no iba por el Zoco Minerva. El Apolo es la actualidad, el Minerva el pasado. Un viaje a la Pizzería Antonio, otro a la tintorería. Creía que este lugar estaría lleno de sombras y me encuentro con que las mismas personas ligeramente envejecidas continúan con los mismos cafés en las manos, y los mismos cigarrillos, y las mismas voces. También permanece en su sitio el Alfa Romeo con un niño dentro. Seguramente faltará alguien, pero en la vida el que falta no cuenta. Los demás no se dan cuenta de que no está. No puede vivir quien no vive, y la vida está compuesta por los que vivimos. La prueba es que todo continúa igual a pesar de que yo haya faltado del Zoco Minerva durante tanto tiempo. En la Gran Memoria sólo hay una oportunidad de ser recordado, ésta de ahora. Compro un pañuelo para Yu y pienso con intensidad que se lo entrego. Pienso que entra por la puerta del apartamento 121 y que yo estoy esperándola. Pienso que este pensamiento está en la cabeza de pelo recogido en cola de caballo y de cara con piel de porcelana y labios rojos y ojos encarcelados, ojos misteriosos, que miran desde atrás, desde dentro, que son anteriores a ellos mismos.

Deposito con cuidado este pensamiento en su cabeza, amorosamente lo dejo entre sus otros pensamientos desconocidos para mí.

Después de almorzar mi madre se sume en las revistas de decoración y en los anuncios de ventas de casas, y yo me pongo la mejor ropa que tengo y vuelvo a afeitarme porque me desagradaría parecerle, aunque ligeramente, un enfermo a Yu. Antes de marcharme le pregunto a mi madre cómo va la elección de casa, si ha dado con alguna. Entonces me confiesa que está dudando entre una mansión en las afueras o un pisazo en Madrid. Le digo que por qué no las dos cosas. Ella se queda pensativa como calculando las riquezas de su prometido. Me meto el pañuelo en el bolsillo y las llaves del coche, cojo unas cervezas y salgo y veo un resplandor rojizo en el cielo como si el universo se estuviera incendiando.

Repito el itinerario del día anterior por la tarde. La autopista y un tramo de calles con edificios del siglo pasado hasta la Castellana. No se me ocurre ningún pretexto para hacerle un regalo a Yu. Así que el pañuelo en el bolsillo me pone un poco nervioso.

Es tan fácil llegar a la puerta color crema y abrirla. La cierro tras de mí y en la primera ojeada al entorno me sobresalta una novedad. La cama está hecha y las camisas y pantalones usados de Eduardo no a la vista. En el baño, no sólo las toallas están colocadas en los toalleros, sino que son otras, probablemente más limpias que las anteriores. Me hago la ilusión de que sea Yu quien haya completado mi tarea. O ella o Eduardo. Enciendo la calefacción, me abro una cerveza y me siento a esperar. Echo de menos una televisión. En ningún momento barajo la posibilidad de que no venga porque si algo es impensable no sucederá. Estoy tan aburrido y al mismo tiempo tan impaciente que me fumo un cigarrillo de la cajetilla de la cocina y me bebo todas las cervezas menos una.

A eso de las siete oigo la cerradura. Y a continuación entra ella. Cierra la puerta y dice hola. Una vez que el milagro ha ocurrido es como si no hubiera ocurrido. Parece natural que algo haya sucedido, pero ¿y si no hubiera sucedido? ¿Y si ella no hubiera venido? Entonces sólo quedaría la impaciencia. Con esa insoportable impaciencia la miro y le digo:

Has venido.

También vine ayer, dice. Ya te habías marchado. Vi que te habías dedicado a la limpieza.

Me parece absurdo que el apartamento esté hecho una pocilga.

Estoy de acuerdo. Eduardo es muy ordenado y no le gustaría encontrárselo sucio y revuelto.

No sé cómo explicarle que Eduardo no va a volver. No tengo por qué hacerlo, al fin y al cabo no nos conocemos. Lo dejo pasar y empiezo a preocuparme por el regalo. Tan sólo la idea de tener que entregárselo me sitúa en inferioridad de condiciones, como si dar algo resultase tan incómodo como tener que pedir algo.

Dice que otra vez se encuentra en casa. La calefacción le está enrojeciendo las mejillas. Me las comería, pero no quiero tocarla. Me cede la cerveza que queda y se sirve coñac. Esta vez lleva pantalones y jersey. Se quita los zapatos. Se me ocurre pensar que acabarán cortando el gas y la electricidad y que tarde o temprano tendremos que dejar de venir y me pregunto qué será de los trajes y el resto de la ropa de Eduardo cuando no volvamos más. Entonces Yu se arrodilla a mis pies y me desata los cordones de las botas, lo que me deja absolutamente confundido. Veo su pelo sedoso y negro resbalarle por el cráneo. Veo cómo me quita las botas y por un instante me da la impresión de que también va a tirar de los calcetines. En cierto modo me alivia que se detenga ahí porque aparte de mi madre sólo me ha desnudado Sonia y lo ha hecho con toda la urgencia de la pasión y además estando los dos de pie en la semioscuridad de la trastienda, y no sentado yo cómodamente en un sofá con una cerveza en la mano y un pañuelo envuelto en papel de seda en el bolsillo.

¿Estás más cómodo?, pregunta.

Asiento y pego un trago.

¿Se te ha comido la lengua el gato?

Es algo que no oigo desde que era pequeño. Sólo ella podría decir algo así con su cara de muñeca y ese perfume dulce que le sale de los poros. De pronto me miro y encuentro que soy un tío con Levi's, sudadera, botas de sierra, una botella de cerveza en la mano apoyada en el muslo, y debajo de los Levi's tengo todo lo que hay que tener y además tengo ganas. Pero no quiero hacer nada, no quiero pensar que soy un tío. Quiero verla y olerla con mucha parsimonia, sin calentarme.

La última vez que alguien me dijo eso yo tenía cinco años.

Podrías haber evolucionado algo desde entonces, dice sin parar de andar de un lado para otro.

Ven aquí, le digo, ¿por qué no te sientas?

¿Crees que hacemos bien, dice, al hacer como si nada ocurriera?

¿Y qué otra cosa podemos hacer? Tenemos que seguir el ritmo que él nos ha marcado. Nos ha dado una llave a cada uno ¿no? Esa llave abre este apartamento y aquí estamos. Estoy seguro de que hay algo más que ahora mismo no somos capaces de apreciar, digo con la seguridad de que ya no me interesa encontrar nada más en el apartamento.

Tendríamos que buscar más a fondo.

Pero no ahora. Con precipitación no se saca nada en claro. Lo haremos en cualquier otro momento cuando algún detalle nos llame especialmente la atención.

La primera vez que vi a Eduardo, dice, me pareció el chico más guapo del mundo. Nunca había visto a nadie así. Estaba en el parque paseando a mi perrita y él se acercó. Se agachó y empezó a acariciarla.

Yo tengo un perro que se llama *Hugo,* dijo.

Yo dije: Ésta se llama *Nina.*

¿Nina?

Sí, por Nina Simone.

El mío es *Hugo* por Víctor Hugo.

Qué raro, dije yo. Nadie asociaría lo de *Hugo* con Víctor Hugo.

¿Ah no?, dijo él riéndose.

Me hubiera apetecido besarle en ese momento. Esto sucedía en otoño. Los rayos del sol le cruzaban la cara mientras acariciaba a *Nina* y me hablaba.

A Eduardo le gusta mucho el sol, pero no lo resiste lo más mínimo. Es muy alérgico, digo yo cortando el tono nostálgico de la conversación.

Lo que es es muy joven, dice Yu.

¿En serio? No es más joven que yo ni creo que más que tú.

Pues estás muy confundido. Soy bastante mayor que él.

No me digas, digo interesado a tope.

Las mujeres orientales solemos parecer bastante más jóvenes de lo que somos. Estoy casada. Dejé a mi marido en Taiwán y vine a España para estudiar arte. Él me costea todos los gastos. Es muy rico. Está metido en el negocio del petróleo.

Pensaba que sólo tenían petróleo los árabes.

He venido buscando algo. Era como si alguien me llamase desde aquí. No sé cómo explicarlo. Como si alguien aquí estuviese pensando en mí con mucha más fuerza que mi marido en Taiwán. Y cuando Eduardo en el parque fue hacia mí y me habló, pensé que era él.

Había llegado el momento de decirle que no era él, sino yo, pero no lo dije porque no estaba seguro. En realidad antes de conocerla yo no había pensado de ningún modo en Yu, sino de una forma muy moderada en Wei Ping. No se podía comparar con la intensidad que había puesto en la idea de Tania por ejemplo. No creía que una vaguedad así tuviese el alcance de llegar hasta Taiwán y arrancar del seno de su familia a una preciosidad eternamente joven. Aproveché el silencio de ambos para sacar del bolsillo del gabán el papel de seda que envolvía el pañuelo. Las palabras que se utilizan para estas ocasiones son necesariamente torpes.

Es para ti. Una tontería. No sé si te gustará.

Es aterrador el desconcierto con que mira el paquete, que en sus blancas y delicadas manos me parece ridículo. Estoy por arrancárselo antes de que lo abra y tirarlo a la basura. Pero no hay más remedio que resistir. Ya no me acuerdo de cómo es exactamente el pañuelo, y cuando lo extiende ante la luz de la lámpara me doy cuenta de que he estado loco al pensar que Yu podría ponerse una mierda semejante.

Es muy bonito, dice, colocándoselo en el cuello, luego en la cabeza y luego en los hombros. No sé qué me quieres decir con este regalo.

El fin ha llegado. ¿Qué quiero decirle con este absurdo regalo? ¿Qué quiero decirle?

No sé qué quiero decirte, digo.

Pues yo sí creo saber lo que quieres decirme.

¿Ah sí?, digo ante el examen más cruel de mi vida.

Todos hemos tenido miedo alguna vez, dice.

Yo no tengo miedo, ¿de qué podría tener miedo?

¡Ay!, dice ella, de tantas cosas. Lo que es verdaderamente extraño es que no se tenga miedo. ¿No crees?

Pues he oído durante toda la vida a muchos decir con la mayor serenidad que nunca han tenido miedo.

Ésa es gente temible porque no puede comprender el miedo de los demás y, por tanto, puede infundirlo sin darse cuenta, dice.

Tú no pareces muy miedosa que digamos.

Pues te equivocas. Vivo temblando.

No ahora mismo.

Ahora también.

No puedo decirte de lo que tengo miedo. Ni yo mismo lo sé.

Yu se sirve la tercera copa de coñac. Creo que se va a emborrachar. Y me levanto para ver si hay café en la cocina.

Mi marido, dice otra vez, es un hombre muy rico. Lo conocí cuando yo era una simple estudiante en Pekín. Se gastó una fortuna para que pudiera salir de allí. Entonces creía que lo amaba, pero luego comprendí que en realidad amaba su poder.

¿Y no es lo mismo? Quiero decir que si no amas el poder en general, sino el poder de una determinada persona, es porque también amas a esa persona con su poder. Como a otros se les ama con su belleza y a otros con su sabiduría. El amor es lo menos puro y objetivo del mundo. Al amor le gustan los brillos, los adornos, la chatarra, los reflejos cegadores de los falsos espejos, digo sin citar la autoría de Alien.

Tienes razón. Sencillamente no lo amo. No salí de mi país para encerrarme en un falso amor.

Utiliza la palabra amor con tanta familiaridad que parece que lo sabe todo sobre él, que mientras que los demás hemos estado viviendo una vida ciega y bruta ella ha estado inmersa en otra mucho más sublime y evolucionada. Tal vez esta mujercita tenga cien años de amor. Le tiendo la taza de café y me siento de nuevo en el sofá para verla mejor evolucionar por la habitación.

Lo siento por tu marido. Debe de sufrir mucho.

No quiero pensar en eso. A nadie se le puede evitar su dolor con el propio. Y no te pongas en su lugar, no pretendas sentir lo que siente él porque no tienes ni la más remota idea de cómo es. Seguramente lo que quieres decirme es que si tu fueras mi marido sufrirías mucho ¿no es así?

Sí. No me gustaría perderte. No me gustaría nada.

¿Te remordería la conciencia si hiciésemos el amor?, dice.

Nunca pensé que fuésemos a hablar de este asunto antes de haberlo hecho, digo algo confuso.

¿Qué tiene de malo? Todo merece ser comentado.

No de esta forma tan fría. No se trata de que tengamos que discutir si nos parece bien o mal. Es algo que si tiene que ocurrir ocurre, sin más.

¿Y los equívocos y los malentendidos? Tienes un espíritu muy aventurero.

¿Así abordabais el asunto Eduardo y tú? No me lo digas. Conociendo a Eduardo sé que así era.

No te precipites, dice Yu. No sabes nada de lo que va a suceder. El mundo en el que vamos a entrar, el mundo del amor, no tiene nada que ver con esta conversación, dice y deja caer el pañuelo sobre mi cara. Y puesto que Yu tiene marido y cien años, o sea, que no es como yo creía que era, no tengo por qué mantener el propósito de no tocarla.

De madrugada me despierto y la miro. Le paso la mano por la piel y por el pelo, es una niña que no es una niña. Tiene un olor dulce como si por las venas le corriese jugo de moras o algo así. Ha venido de un lugar remoto hasta la puerta color crema del apartamento 121 y se ha metido en la cama conmigo. No me ha desnudado, yo la he desnudado a ella. A cada cual le corresponde lo suyo. A Sonia desnudarme a mí. A mí desnudar a Yu. Y a Yu desnudar, podría jurarlo, a Eduardo. Aunque no me apetece pensar que Eduardo haya estado con ella porque es una forma, aunque mínima e imaginaria, de que también él esté aquí en la cama, idea que me resulta de verdad repulsiva. Antes de dirigirnos a la cama, he cerrado los armarios para no ver sus trajes, ni sus zapatos, ni las fundas con cremallera. A ninguno de los dos se nos ha ocurrido apagar la luz y no hemos cerrado los ojos en ningún momento.

Ahora mi verdadero objetivo en la vida es volver a hacer el amor con Yu. Si me preguntaran ¿qué es lo quieres por encima de todo? Yo tendría que reconocer que meterme en la cama con Yu. Lo que diría muy poco a mi favor porque follar siempre es algo complementario, no primordial, así que los tipos como yo que lo convertimos en lo fundamental somos preocupantes. No soy normal, y sólo yo lo sé, lo que por una parte me tranquiliza y por otra me aísla bastante. Empiezo a comprender a la clientela pornófila, simpatizo con ellos, los miro con simpatía. Qué solos están. Son los que nunca salen de aquí con la cinta en la mano porque vienen provistos de grandes bolsillos o bolsos donde poder guardarlas. Las tienen que esconder, mientras que los demás salen impunemente con ellas en la mano con el gesto del que es inocente como un niño. Cuando ni un hombre ni una mujer pueden tener la misma clase de inocencia que un niño, y no digo menos sino la misma. Es una aberración pretender que a los adultos les interesen las mismas cosas que a los niños porque en ese caso no tendría interés crecer. Nos desarrollaríamos para seguir haciendo lo mismo. Y sobre todo que nos empeñemos en conservar al niño que fuimos cuando se supone que el tiempo corre para que esa criatura se perfeccione, se eduque, se humanice y por fortuna deje de serlo. Nunca me he recordado de pequeño con especial cariño, como si fuera mi propio hijo o algo así. Eso es imposible porque soy yo mismo y nada de lo que hacía me sorprende ni me asombra porque ha quedado impreso en la conciencia que tengo de mí.

Uno de los clientes especiales, por no llamarlos siempre de la misma manera, es una señora que ahora en invierno suele llevar un abrigo beige con anchas solapas y cinturón de los que se atan y el pelo un poco revuelto por el viento. Al principio yo le entregaba la cinta metida en una bolsita, y ella me la pagaba sin mirarnos a los ojos, como si al mirarnos nos fuésemos a encontrar con las escenas del vídeo. Pero ahora le sonrío, e incluso me atrevo a decirle que se divierta. Y ella me dice: Mi marido se anima mucho con esto. Y su esfuerzo por que su marido se anime me parece encomiable. Me dan ganas de contarle que yo no hago nada más que pensar en comerme a Yu bajo la espectacular luz de la lámpara colgada sobre la cama, que me pone intensamente rosas en la boca los pezones, y la lengua y los pliegues resbaladizos y narcotizantes por los que entro a lo desconocido. Se lo diría en correspondencia a lo que yo sé de ella, pero no lo hago porque la mujer del abrigo de las anchas solapas y pelo alborotado sólo tiene la misión de entrar en el videoclub una vez a la semana, sacar la cinta del bolso y meter la que le entrego, pagar, hacer algún comentario, cada vez de forma más relajada, y volver a empujar la puerta de cristal y desaparecer.

Sonia me ha notado algo. Dice:

Si no te fueras a enfadar, te diría que estás distinto, distraído. ¿Tengo razón?

Mira, le digo, mi jefe te vigila. Esto es peligroso. Estoy preocupado, de verdad.

No te dejes acojonar por ése, me suelta de un modo que me sobresalta, porque Sonia tiene una voz bastante fina en la que no encajan bien palabras del tipo acojonar o cojones, joder, polla, follar, cabronazo, coño, o la simple expresión corriente de puta vida. En su boca suenan demasiado. Por eso cuando en la trastienda me dice al oído fóllame con su vocecita salivosa, un escalofrío me recorre de arriba abajo. Eso es algo que la distingue de Yu, pero que no es suficiente, porque yo no iría a la Filmoteca con Sonia, ni siquiera me tomaría un café fuera de aquí con ella, pero sí con Yu. Quiero que Yu sea la chica con la que estoy cuando se encienden las luces de la sala de la Filmoteca aunque no sea hija de un productor.

Oye, le digo, estoy preocupado por ti. Tendrías que verle cuando me pregunta que con quién vienes y con quién vas y si hablas mucho conmigo.

¿Y por qué no me lo has dicho antes?

No quería asustarte.

Ya. Pero ahora sí te parece que debes asustarme.

No te comprendo.

Es igual. Ése no tiene un par de hostias, te lo digo yo. Se le va la fuerza por la boca.

Me desagrada que hables así, Sonia. No sabes lo mal que suenan en ti esas palabras.

¿Qué palabras? ¿Hostia?

Ella tiene cara de sorpresa y yo de desagrado.

Te has cansado de mí, dice, haciendo girar la lata de cerveza entre las manos.

Imagínate, le digo, que ahora entrase por la puerta y nos sorprendiera tomándonos una cerveza.

Sí, imagínate, dice, qué tragedia.

Como mínimo, perdería el trabajo.

¿Esta mierda de trabajo es más importante que yo?

No digo eso, pero es el único que tengo.

Te conformas con muy poca cosa. Y como te conformas con tan poco me sorprende que pases de mí. Es la primera vez que me ocurre. Creía que esto era tan especial, tan diferente. No sé qué voy a hacer para no coger el coche y venir hasta aquí. No puedo prometerte que no lo haga.

Entonces recoge las cosas que ha dejado esparcidas por la mesa: cigarrillos, mechero, agenda y móvil. Las mete en el bolso y se levanta sin intentar llevarme a la trastienda. No puedo creerme que haya sido tan fácil, que Sonia sea tan maravillosamente buena conmigo. Sólo por eso le haría el amor con enorme gratitud. Se me ocurre que sería el mejor polvo, pero es mejor no decir nada, no mover ni un músculo y dejar que emprenda el camino de vuelta entre las estanterías hacia la puerta de cristal. Me deja muy perplejo que la mujer más indecisa del mundo la empuje con tal determinación y que sin mirar atrás salga y desaparezca.

Cualquier pérdida, aunque alivie, también deja un vacío. La trastienda se ha quedado vacía de Sonia. Cuando me siento aquí a visionar, como dicen en la tele, alguna película, a veces me acuerdo de ella, y me acuerdo con afecto porque vino cuando tenía que venir y se marchó cuando tenía que marcharse. Los pensamientos importantes son para el apartamento 121. El paraíso terrenal.

En lugar de arroyos, árboles frutales, manzanas y serpientes, una cama. Un hombre y una mujer y acaso una cama. Ése es el auténtico y único mensaje de las mil páginas de la Biblia. Le digo a Yu un millón de veces que ella es el amor de mi vida, entendiendo por vida todo lo que uno puede intuir sobre sí mismo de una sola vez, siempre de forma confusa, porque en realidad no lo intuye con la razón, sino con su propia y única vida. Tiendo a usar, para llamarla, la palabra amor en lugar de su nombre. Sin embargo, ella en todo momento me llama Fran y nunca amor, que es la palabra que más le va a su boca, a sus labios. Sólo la visión de sus labios despierta en los míos un ansia desmedida de besarlos, morderlos y torturarlos.

Reprimo heroicamente este impulso y le pido que me cuente cómo era su vida en Taiwán. Ella, cambiando de sitio unos libros, hace un gesto de desagrado. Pero insisto. Le digo que quiero conocerla mejor.

¿Crees que es más importante lo que sepas de mí que yo misma? Ya me tienes a mí.

A veces no es suficiente tenerte sólo ahora. También me gustaría tenerte antes cuando no estabas conmigo. Sabes muchas cosas que no tengo.

Eres muy romántico ¿lo sabías?

Esto mismo ya me lo han dicho Sonia y Tania, así que asiento con la cabeza, porque si me lo dicen ellas tres, a pesar de que a mí jamás se me hubiera ocurrido pensar eso de mí, es que debe de ser cierto.

Si lo quieres saber, al casarme pasé de no tener en Pekín nada propio, a vivir en una casa enorme con un tejado a cuatro aguas rematado con dragones.

Según Yu tener una casa así en una isla tan congestionada como Taiwán es un verdadero privilegio. Tras los muros que dan a la calle comienza a extenderse el jardín con cerezos, bambúes, rosas, peonias y sauces perfectamente ordenados. También hay un estanque con peces y una gran jaula en el invernadero que va del suelo al techo, en que revolotean hermosos pájaros. Amplias salas pintadas de color claro y muebles de teca y adornos de laca, confortables sofás, cuadros y varios armarios llenos de suntuosos trajes antiguos.

Mi marido, dice, me ha pedido que vuelva y no sé qué hacer. Eduardo ya no está, y a mí se me acaba el dinero.

Cuando algo parece un sueño es que es un sueño, no hay duda. El mío terminará cuando un día ya no pueda entrar más en este apartamento y cuando Yu se marche.

Los sueños no son reales porque son fáciles. Es fácil amar a Yu. Es fácil entrar en el apartamento. Es fácil ser feliz allí y no cansarme nunca de serlo. Todo lo demás es difícil. Nada más bajar a la calle y poner el pie en la acera, la gravedad me clava al suelo, y siento el peso de cada gramo de los sesenta y cinco kilos que he de desplazar contra el aire hasta llegar a la primera bocacalle donde dejo aparcado el coche. Ruedo por la realidad con las ruedas pegadas al pavimento. Está oscuro, y Yu muy lejos, en algún sitio que desconozco, del que no me ha hablado. Para mí es como si volara a su maravillosa casa de Taiwán cada vez que nos despedimos. Siempre elude darme su dirección y decirme si vive con alguien. Tampoco ella sabe que trabajo en un videoclub y que entre mis proyectos más inmediatos está hacer un corto. ¿Adónde pensará ella que vuelo yo?

El camino recorre la vida a la que despierto tras abrir los ojos y ver la verdad, o sea, lo que seguiría estando ahí aunque no estuviera yo. Continúa estando mi casa con su porche de baldosas rojas humedecidas por la niebla, y dentro mi madre feliz y con la voz sospechosamente gangosa tachando en el calendario los días que le faltan para dejar la clínica y tomar posesión de la casa imaginaria. Está la televisión lanzando fantasmas a las cristaleras del salón.

Y está el Centro Comercial Apolo, en cuya fachada se reflejan los montes, las arboledas y los coches aparcados. Las escaleras mecánicas me expulsan junto al videoclub. A primera hora de la mañana, que en la ciudad más perezosa del mundo son las diez, aún no se han mezclado los olores, y el burger que hay junto a la tienda huele a café de modo que las boutiques a ropa. La calefacción comienza a templar el ambiente hasta que al mediodía haga olvidar que nos encontramos en el invierno más frío del siglo.

Casi todo lo que se llevan los clientes son dibujos animados para los niños y serie B para echar una cabezada después de comer. La mujer del abrigo de solapas grandes me dice, ya con gesto de cierta confianza, que si no puedo proporcionarle algo diferente, más acción por decirlo de alguna manera. Le pregunto con la misma confianza que si es que no se anima su marido lo suficiente con esto. Y me responde en el mismo tono que es ella quien no se anima. Es un detalle que habría preferido no conocer. Hubiera querido seguir viéndola exclusivamente como la agitadora y portadora de los deseos de su marido. Entre la mañana y la tarde sólo me da tiempo a verme una película.

Al llegar la noche, hay un momento en que espero y a la vez temo que la puerta de cristal sea empujada por Sonia. En su lugar lo hace mi jefe, lo que resulta decepcionante y a la vez tranquilizador. Saco el dinero de la caja, y lo cuenta sin hablar apenas. Lo mete en un sobre, y el sobre en el bolsillo interior de la chaqueta. Luego se me queda mirando y dice:

Te has pasado de listo, tío.

¿Cómo?, pregunto con la mosca detrás de la oreja.

Creía que podía confiar en ti.

Prefiero no decir palabra por el momento. Me limito a sostenerle la mirada.

No me gusta que me tomen el pelo, dice. Puedo intentar mantener un negocio para no tener que echar a un desgraciado como tú, dice. Pero si me entero de que me está tomando el pelo lo mato ¿comprendes?

Niego con la cabeza.

Haz un poco de memoria, dice. ¿Qué le dijiste a Sonia la semana pasada? ¡Ah!, perdón, perdón. Ahora que recuerdo, vosotros nunca habláis.

Continúo impertérrito aunque con un calor interno que no sé si voy a poder dominar.

Hablamos más bien poco, digo.

Pensabas que Sonia se iba a poner de tu parte ¿no?

Nunca he pretendido tal cosa.

Los jóvenes. Los jóvenes sois unos mamarrachos. Estáis amariconados, no comprendéis a las mujeres. ¿Qué pensabas que iba a hacer Sonia? ¿Qué pensabas?

No quiero nada de ella, la verdad, digo.

Por lo pronto vas a salir echando leches de aquí. Cuando termine el mes, de patitas en la calle. Cerramos esto. Pero antes, las cuentas bien claras ¿estamos?

Asiento, esperando que el suplicio termine pronto. No quiero pensar en lo que ha podido decirle Sonia porque cualquier cosa que le haya dicho no puede ser tan penosa para mi jefe como la verdad.

Me mira sin saber cómo vapulearme más, se pone el abrigo y se dirige a la puerta. Antes de empujarla, se vuelve y dice:

No quiero darte sermones. No soy tu padre, pero has escogido un mal camino, el peor de todos, el de joderme.

No he tenido valor para defenderme. Pienso que he debido decir algo en mi favor y, sin embargo, he callado y por lo tanto he admitido cualquier cosa de la que Sonia me haya culpado. De pronto se me ocurre pensar que a partir del mes que viene la mujer del abrigo de anchas solapas tendrá que ir mucho más lejos a buscar sus vídeos y que no tendrá la confianza suficiente para pedir lo que necesita.

Sin las quinientas mil de Edu y sin este trabajo sólo me queda el imaginario videoclub que tal vez me monte el doctor Ibarra. De momento prefiero no contarle nada a mi madre. Me complace la imaginaria paz en que la encuentro sumida cuando llego a casa después de hacerme andando en la oscuridad todo el largo de la carretera que conduce del Apolo hasta aquí.

No me gusta que vengas andando de noche por donde no hay iluminación. Cada día tienes menos miedo a todo y eso no es bueno.

¿Qué tal lo de las casas?, le pregunto.

Han encontrado un cuerpo en una playa de la Costa Brava que pudiera ser el de Eduardo, dice.

Ha llamado su padre por teléfono, dice. Le gustaría hablar contigo.

Estoy cansado, digo. Esta noche no quiero saber nada de lo de Eduardo.

Mi madre se aproxima a mí, que estoy tirado en el sofá, y me acaricia la cabeza, lo que soporto con cierta rigidez que ella no percibe porque ya nada más percibe lo que le conviene percibir.

Haces bien, hijo. No quiero que te presionen. Por muy amigo que seas de Eduardo no puedes devolvérselo.

Si no fuera por el tono gangoso, me enorgullecería el pensamiento lógico de mi madre. Arrima la cara a la mía. Sé que a una madre siempre se la quiere, así que el hecho de que me desagrade que pegue su cara en la mía no tiene por qué hacerme dudar de mi cariño por ella.

No imagino qué podría hacer Eduardo en la Costa Brava, digo incorporándome para coger el mando a distancia.

Qué más da, dice. Qué puede importar ya.

Lo que quiero decirte es que dudo que sea el cuerpo de Eduardo. Creo que Eduardo no va a aparecer ni vivo ni muerto, digo sin pensar lo más mínimo en Eduardo, sino en mi nueva madre, la animosa y cariñosa madre de la caída de la tarde y de la noche, cercada por las tinieblas del jardín y por el rumor de las que se extienden más allá como velos y velos que los hados encargados de preparar la suerte y el infortunio dejan caer sobre nosotros.

No es como para estar tan alegre, le digo yo con algo de rencor porque no está alegre por mí ni por nada de lo que le sucede en la vida a la que yo pertenezco, sino por sus idas y venidas al cuarto de baño.

¿Prefieres que esté triste?

No, normal.

Quieres que no esté de ninguna manera, ni triste ni alegre ¿no es eso?

Me gustaría que estuvieses como te saliera de dentro estar.

Pues me sale estar así. No sé por qué te molesta.

Está bien. Está bien, digo subiendo las escaleras hacia mi cuarto.

Me mira con expresión alterada.

Tengo que pensar por los dos ¿no te das cuenta? Y a veces no es fácil. No es fácil vivir. No quiero que oigas esto. No quiero decirlo. Pero no es fácil vivir. Llegar al final del día con el peso de haber vivido todo ese día. La palabra es sobrellevar ¿no la has oído nunca? No quiero que oigas palabras como ésa. Tú eres joven, no sabes nada ni tienes por qué saberlo.

Dime qué no sé.

No soy yo quien debe decírtelo. El tiempo te lo dirá.

En este momento pienso que si algún día estoy al borde de la desesperación me pegaré un tiro. Y que desde luego no voy a tener hijos para no mostrarles mi desesperación. Estoy convencido de que deseo que se case. No veo el momento de que traslade sus sustancias a otra casa, donde tendrá que empezar por buscar escondrijos para ocultarlas de los aros dorados de su marido.

No sueñes con que me vaya a vivir contigo y el dentista, le grito desde arriba.

Ja, desde que tenía diez años no he vuelto a soñar.

Me pongo la camiseta de promoción del Apolo, que me sirve para dormir, y me meto en la cama con la Biblia. Me produce una gran paz la sensación de que estoy leyendo algo sagrado, donde no siempre se entiende todo.

Anoche rompí la imaginaria paz de mi madre y he roto la mía propia en el videoclub. Sólo hay armonía al otro lado, al final de la autopista, en el apartamento, o sea, en el paraíso. Pero el paraíso está pensado para ser expulsados de él. En algún momento hay que cerrar la puerta, dejarlo atrás y arrojarse a lo que lo rodea, y lo que lo rodea no es tan nítido que se pueda ver con el pensamiento, sino que está cubierto por esas sombras que hacen incomprensible aun el día más claro y luminoso.

A los clientes más asiduos les anuncio que el videoclub va a cerrar, de lo que me arrepiento inmediatamente ante su insistencia por conocer el porqué de tal decisión. Les digo que es cosa del jefe y que no merece la pena darle vueltas. La voz se ha corrido y la clientela me expresa sus condolencias, lo que me resulta muy desagradable. Así que lo mejor es que llegue fin de mes, cobrar lo que se me debe y largarme a mi casa. Alien también se ha acercado por aquí para decirme que posiblemente en el polideportivo necesiten a alguien como yo. Y ha sido muy curioso, porque antes de que Alien empujara la puerta de cristal he presentido una gran sombra cubriendo los montes que recortan el horizonte y los árboles que rodean el Apolo y los coches aparcados en el parking que hay frente a la puerta principal. Una sombra tranquilizadora, pacífica y armoniosa como una página de la Biblia.

Le digo, sin que me haya preguntado, que no se sabe nada de Eduardo, y él mueve negativamente la cabeza.

Ni se sabrá, dice.

¿Cómo puedes saberlo?, le pregunto.

Es pura intuición, dice.

Se aproxima a la ventana y mira a la lejanía, a los montes que interrumpen brevemente el cielo para escurrirse tras ellos hacia el vacío. Y dice:

No hay señales de él. No quiere estar.

Le pediría que me lo aclarase, pero no quiero parecer tan pesado como esos clientes que me piden toda clase de detalles sobre el cierre de la tienda cuando es notorio que no me apetece hablar de eso. Seguramente a Alien también le canse tener que explicar absolutamente todo lo que piensa en términos que los demás lo entendamos.

No te preocupes por él, dice. Ya no puedes hacer nada.

Han encontrado un cuerpo en una playa de la Costa Brava que pudiera ser el suyo según la policía.

Es igual. Sea él o no sea, ya no va a volver a estar entre nosotros.

La última vez que lo vi tenía un aspecto tan próspero. Creo que se acababa de cortar el pelo y que estaba recién afeitado. Le preocupaba su madre y me pidió que la visitara de vez en cuando mientras él estuviera fuera. También me entregó una llave que yo tenía que guardarle y a cambio de este servicio me iba a pagar quinientas mil pesetas. Se le veía dueño de la situación y satisfecho.

Una despedida en toda regla, dice Alien.

Puede que sí, digo yo sorprendido por lo que me acabo de oír relatar. Pero era tan corriente en él jugar con las cosas corrientes de la vida, hacer como que todo es misterioso cuando no lo es.

Nuestra incapacidad para comprender es la que crea el misterio, dice Alien.

Así que no voy a volver a ver a Eduardo.

Niega con la cabeza. Por la ventana entra la luz plateada que llega a la cara noreste del Apolo a eso de las doce procedente del hielo del infinito.

¿De verdad desearías volver a verle?

Me encojo de hombros. Admiro la entrega de Alien para captar todos los pormenores del alma humana.

Aunque suene a tópico, es muy difícil salvar a alguien de sí mismo, dice.

Veo la ancha espalda de Alien con la lustrosa cola de caballo sobre ella dirigirse hacia la puerta de cristal, y yo paso a la trastienda donde me esperan los montones de cintas que hay que devolver y que hay que anotar. Ya prácticamente no hago otra cosa. No pido material nuevo, sino que me concentro en dar salida al que queda y en devolver el que no se va a poder vender.

Por la noche viene mi jefe, a quien rindo puntualmente cuenta de todas las operaciones porque he decidido ser legal con él, en lo que al negocio se refiere, hasta el final. Él en cambio ha adoptado una actitud de desconfianza que eludo. Hoy no viene solo. Como temía que alguna vez ocurriese, también Sonia pasa a este lado del mundo. Avanza tras mi jefe mirándome con sus bonitos ojos, que se mantienen en ese color inestable entre verde y azul. No digo nada. Empiezo a sacar de la caja el poco dinero que hay y la lista de las cintas. Le digo que tal vez sea posible liquidar a bajo precio lo que no se pueda devolver ni vender. Observo perfectamente todo lo que ella hace aunque no la mire. Veo, con los ojos dirigidos a mi jefe, cómo pone en la mesa la cajetilla de tabaco, el mechero y el móvil. Se enciende un cigarrillo y me echa la primera bocanada de humo en plena cara. Reprimo la tos porque sería como dirigirme a ella, como decirle algo. Mi jefe hojea la lista de las cintas, pero estoy seguro de que en realidad está pendiente de mí. Dice:

Sonia no te guarda rencor ni yo tampoco. Si no hubiera sido por ella, esto —dice mostrándome el solitario en el puño— estaría en tu cara.

Ahora sí que la miro brevemente y me asusto porque tiene los ojos llenos de lágrimas, unos ojos, a pesar de todo, realmente bellos. Está a punto de desmoronarse, de empeorar las cosas sin duda alguna. Así que opto por decir algo:

Bueno, un negocio como éste algún día tenía que acabar.

Pero no así, chaval, no así, dice mi jefe dándoles vueltas a las hojas.

Y de pronto se oye la fina, por no decir infantil, voz de Sonia llenando el espacio de cristalillos que chocan en el aire.

Nunca me has querido ¿verdad?, dice.

Pido a Dios que mi jefe esté lo suficientemente sordo para no haber comprendido, porque desde que era pequeño no me he pegado con nadie. También pido que sea una pesadilla de la que en este mismo punto voy a despertar. Es sorprendente la rapidez con que se pide. Milésimas de segundo para pedir, para desear. El mundo no puede ir tan deprisa. No despierto y no está sordo. Nos mira desconcertado y se pasa la mano con el solitario por el pelo.

¿Qué está ocurriendo, queréis decírmelo?

No ocurre nada, digo.

¿Y tú qué dices?, le pregunta a ella que me mira ignorándolo a él por completo.

Me entregué a ti sin pedirte nada.

Yo tampoco te he pedido nada, digo ya un poco harto.

Me veo ante la evidencia de la realidad sin más. En la realidad el cuerpo no tiene escapatoria. No puede dar un salto de cincuenta metros como en los sueños, ni salvarse en el último momento, ésa es la diferencia. Todo es tan real que da asco, así que pienso que no soy cobarde, sino que la realidad es groseramente ineludible y que a veces uno se cansa de tener que estar en todo momento en ella, quizá porque todo lo que vivimos, aunque no lo hayamos elegido ni se parezca a nosotros, nos condena a haberlo vivido.

Tú sabías que te quería. Son cosas que se saben. A alguien que te quiere no puedes darle la patada así, sin más.

Por favor Sonia, no confundas las cosas, le digo para no ser cruel porque creo que no debo ser cruel con alguien que me quiere.

¡Dios mío!, exclama mi jefe. ¡Qué ciego he estado! Habéis estado follando. Cuando te pedía que me dijeras con quién andaba y tal ya follabais. Se da un golpe en la frente. Es como para matarme.

Se da unos cuantos golpes más con la palma de la mano en la frente de una manera que es como para ponerse nervioso. A ella nada de esto le impresiona.

Te voy a matar. ¿Lo sabes, verdad, chico?

Ya es mayorcita para saber lo que quiere, se me ocurre decir.

Pero tú no eres nadie para mentirme a mí, para reírte de mí. Te falta mucho para ser un capullo semejante.

Los acontecimientos de la realidad a veces se suceden de una manera pasmosa. Sin darme cuenta me encuentro en el suelo. Me resbala sangre de la cara. Él dice mientras se limpia el brillante con un pañuelo:

Me gustaría que fueses un hombre de verdad para que pelearas conmigo.

Hay gente agolpada en la puerta de cristal, gente que seguramente espera que me levante para sacudirle. Pero tan sólo me incorporo para dirigirme al pequeño lavabo de la trastienda. Observo en el espejo que me ha hecho una herida en la mejilla con el anillo, y cuando abro el grifo para lavarla, lo siento detrás de mí. Me vuelvo lo suficiente para que me propine un puñetazo en el estómago. Me parece increíble que unas manos tan delicadas cerradas sobre sí mismas adquieran tanta fuerza y me doblo con un gran dolor. Siento un gran odio hacia él, ganas de que se muera más que de matarle. Y espero ver entrar por la puerta a Sonia para que me cure.

Me lava la herida y me masajea el estómago con aceites esenciales y luego me da un beso en la sien y me tapa con una manta. Me pide perdón por amarme más de la cuenta y me promete que sólo me verá cuando y como yo quiera. Me pide que no diga nada porque ya no necesito dar ninguna explicación. Hasta que un intenso dolor de cabeza me hace abrir los sentidos y oír una voz masculina que dice: Ya es un hombre y necesita un porvenir. No puede ni debe perder el tiempo con este tipo de vida. Es demasiada poca cosa para él, para cualquiera, pero sobre todo para él, para tu hijo, piensa en el tipo de gente con la que se relaciona. Piensa en esto, insiste.

Reconozco la otra voz que dice: Si ya lo sé, ya lo sé. No sabes lo que sufro viéndole.

Abro los ojos y veo unos aros dorados que me miran y a su lado mi madre.

El doctor Ibarra ha venido a verte y a curarte, dice mi madre.

¿Quién me ha traído?

Una chica rubia. Nos dijo que te había encontrado en el aparcamiento. ¿Es cierto, hijo?

Cierro los ojos en señal afirmativa.

Intentaron atracarme, digo.

Entonces mi madre suelta una loca perorata sobre la inseguridad ciudadana, sobre la intranquilidad, sobre el miedo que todos tenemos a salir a la calle. Por fortuna no dice nada de los drogadictos.

Tal vez habría que poner una denuncia, dice el de los aros que hasta ahora ha estado observándome sin abrir el pico.

Niego con la cabeza.

Aunque sólo sea de forma testimonial, hijo, dice mi madre.

Y vuelvo a negar con la cabeza.

No creo que sea el momento de hablar de esas cosas. Ahora necesita descansar, dice el de los aros.

Oigo murmullos en el vestíbulo, la puerta y un coche que arranca. Y me incorporo un poco sobre los cojines. Mi madre se sienta junto a mí y me pasa muy delicadamente los dedos por el pelo. Hago gestos de dolor para que no se le ocurra tocarme más. Noto que se ha puesto hasta arriba para superar el trance.

Mamá, le digo, no es para tanto. Sólo han sido dos puñetazos. No deberías haber llamado a ése.

El doctor Ibarra dice que necesitas algo mejor que el videoclub, que está pensando que trabajes en la clínica.

A mi madre ya no le importa vender a su propio hijo al dentista. Estoy convencido de que no es cien por cien responsable de sus actos. Vagamos perdidos en medio de la noche, ella con un maillot rosa fucsia de su época de deportista que ha debido de dejar perplejo a su novio, y yo con la sudadera ensangrentada y un esparadrapo que me coge media cara.

No voy a volver al videoclub, le digo. Vamos a cerrar.

Consumo los días que quedan para ir al apartamento viendo películas y dándome paseos por la urbanización. De nuevo me asaltan los ruidos procedentes del mundo no laboral, o sea, de los jardines contiguos, de los tocadiscos lejanos, de las puertas que se abren y se cierran, de las persianas, de las alfombras que se sacuden, también del chalet pareado al mío que de nuevo se hace presente con los secos y espaciados ladridos de *Ulises*. No he vuelto a pisar el Apolo, así que me quedo sin cobrar lo que me corresponde, pero en estas circunstancias es mejor así. No le guardo rencor a mi jefe. Ha sido instrumento de la contundencia de la realidad, nada más, como si me hubiera caído por un terraplén. Y es increíble comprobar que la carne, que sirve para imaginar, sea tan real. La asistenta vuelve a sacarme a empujones de la cama por las mañanas. A ella no le dan pena mis heridas. La primera vez que me ve se ríe y dice que se alegra, que pensaba que yo no tenía sangre en las venas.

Me imagino que el otro no se habrá ido de rositas, dice.

Y para no decepcionarla asiento.

A mí puedes decírmelo. Tu madre te ve como un niño, pero yo te veo como un hombre, y un hombre no puede aguantar ciertas cosas.

Claro, digo yo.

Así que si eres un hombre y te pegas como un hombre, tienes que vivir como lo que eres, trabajar, ganar dinero, tener novia, ayudar a tu madre. No ser una carga para ella.

Se va a casar con un gilipollas, digo.

Ya lo sé. Pero ¿qué va a hacer la pobre?

Podría seguir como está.

Todo el mundo necesita un cambio, aunque no sea para mejor. A veces lo peor es no cambiar. Uno necesita saber que le espera alguna novedad.

Creo que mi madre sólo sueña con una buena casa, con muebles y mantelerías de todos los colores.

Mejor. Una casa la decepcionará menos que un príncipe azul.

Pero soñar con una persona es más humano ¿no?

¿Y para qué quiere tu madre ser más humana de lo que es? Bastante esclavizadas estamos ya por ser humanas a secas.

Lo de príncipe azul no lo había oído desde que era pequeño. Príncipe azul. Se me queda en la mente mientras compro por el Híper y algún conocido me pregunta qué me ha ocurrido, aunque estoy seguro de que de alguna manera ya se habrá enterado el autobusero que nos conoce a mi madre y a mí y que habrá dado la correspondiente información a todo el mundo. Ya sé que en la urbanización no hay secretos y que también sabrán que me tiraba a Sonia y que mi madre está en un error al pensar que me atacaron en el parking del Apolo. ¿Por qué príncipe azul y no príncipe amarillo o príncipe blanco? Príncipe negro. Un príncipe negro sería un buen príncipe, menos blando que el azul, más misterioso, más dudoso. Si una princesa tuviera que elegir entre un príncipe negro y otro azul, elegiría al negro, porque el negro vendría de la noche, de las sombras, de lo desconocido, en tanto que el azul vendría de la mañana, de la evidencia, de lo fácil. ¿Por cuál optaría Yu? Por el negro sin la menor duda. Así que no puedo ser azul. Sería un gran error pretender ser su príncipe azul, ahora que sé que los príncipes azules están abocados al fracaso.

Con la cicatriz en la cara y un suéter negro sobre pantalones negros procuro llegar tarde a la cita con Yu. Abre la puerta con cierta ansiedad y me mira asombrada, más bien maravillada. No dice nada. Retrocede para verme mejor, entonces le entrego una caja y le digo: Desnúdate.

Se desnuda despacio ante el tío de la cicatriz, que en ningún momento sonríe, que sólo la contempla sin el menor pudor ni disimulo ante su excitación. Creo que también la excita a ella. Cuando ya no tiene nada encima, extraigo de la caja un pijama chino de seda negra con un dragón bordado en el pecho. Se lo pongo y luego le recojo el pelo y le digo que quiero verla siempre así. Ella dice:

Tus fantasías me dan miedo, son muy obscenas.

Me levanto del sofá, voy hacia ella con la intención de atraparle la lengua entre sus deliciosos dientes y la abrazo por la espalda para a continuación girarle un poco la cabeza y morderle la boca. La lengua mágicamente suave de Yu también pasa a mi boca. Acaricio la seda del pijama y la beso hasta que me pide que la lleve a la cama.

De no haber conocido a Wei Ping, probablemente Yu no hubiera tenido la trascendencia que tiene. Puede que todo se hubiese reducido entre nosotros a un hola y adiós la primera vez que nos encontramos en el apartamento. Sin embargo, son cosas que ocurren, de un gusano sale una mariposa, y de Wei Ping ha salido Yu.

El Veterinario me llama para decirme que el cuerpo encontrado en la Costa Brava no es el de su hijo. Yo no sé si de una noticia así hay que alegrarse o no. Parece una buena noticia, le digo. Él me dice que está muy desconcertado ante sus sentimientos, porque por una parte está la esperanza, pero por otra está el alargar la incertidumbre, el no saber. Es como volver a no saber nada, o sea, a ser un niño de pecho, pero con conocimiento, dice.

He cambiado, dice. Ahora me fijo mucho en los animales de mi clínica. Los veo vivir, y los veo morir. Un perro, por ejemplo, su corazón late y en ese instante en que late, el perro es perro, y continúa siéndolo al instante siguiente y al siguiente y al siguiente hasta el definitivo aunque no parezca razonable que se produzca un instante que no traiga otro consigo. La interrupción total es difícil de comprender porque sólo se vive en la continuidad y se comprende en la continuidad. Sólo así tiene sentido la supervivencia de una especie que piensa. En el caso de que la vida de mi hijo hubiese concluido, él no existiría ni yo comprendería. Por eso quiero reflexionar, razonar y comprender, para que Eduardo no deje de ser.

No creo que nada de lo que se me pueda ocurrir le interese al Veterinario más que sus propios pensamientos, conclusiones o lo que sean. Así que me limito a decirle que me llame siempre que quiera hablar conmigo. Luego pienso en Tania, en su voz, que es la voz de una caliente tarde de verano que viene de muy lejos cruzando el pensamiento y llenándolo de un sol que me hace cerrar los ojos. El recuerdo eterno del sol de una tarde de verano. Eduardo junto a la piscina en bañador, con su cuerpo flaco y las gafas de sol. Se le veía un poco el esqueleto porque se le notaban mucho las costillas, y tenía algo de caderas lo que, no en una mujer, pero sí en un hombre, hace ridículo. Por tanto, costillas y caderas bajo un bañador que se ajustaba con un cordón blanco, colgante y lacio. Había bastantes aspectos de él que me desagradaban, así que no sé por qué me hice tan amigo suyo. Un viento cálido levantó la falda de Tania. Estaba lavando al perro con la manguera, y no retiré la vista de las bragas blancas que se le arrugaban ligeramente entre los muslos, mientras la música dibujaba círculos en el aire transparente.

De la misma forma que el pasado está en el presente también lo está el futuro: los planetas que colonizaremos y las estrellas que descubriremos. El tiempo humano es tan confuso, tan inexacto, que nos obliga a soñar para viajar por su profunda oscuridad, y tal vez soñemos lo que ya hemos hecho en el futuro. La indescriptible imaginación es la única capaz de adentrarse en el indescriptible tiempo. Los torpes artilugios con alas inventados por nuestros antepasados eran el sueño de un avión actual porque en los sueños no distinguimos con certeza lo que estamos viendo. Nosotros no somos quienes hemos ideado nuestra propia capacidad, por eso no la conocemos. ¿No resulta paradójico que no nazcamos con el conocimiento exacto de, por lo menos, cómo estamos hechos? Hasta hace cinco siglos no reconocimos algo tan simple como la circulación de la sangre, y aún hoy nada más podemos decir que nos hemos aproximado vagamente a nosotros mismos. Somos unas criaturas más, aunque asombradas. El asombro es nuestra alma. La que nos lleva más allá, donde en algún momento nos reencontraremos con el ahora, dice Alien con voz muy masculina, muy pausada, muy melancólica. Antes de despedirse nos mira unos instantes con la tristeza de quien acaba de regresar de un viaje por el auténtico tiempo. El silencio de la sala es emocionante. Todos esperamos que diga la última palabra para poder aplaudir.

Espero en la salida para saludar a Alien. Frías bandadas de pájaros negros cruzan el cielo azul. He venido hasta el Centro Cultural pensando en Yu y en lo que cambian las cosas y que sin embargo nos aferramos a ellas como si no fueran a cambiar nunca. El Veterinario lo llama continuidad. La urbanización es continua, inagotable, porque su apariencia se fortalece con cada nueva construcción, con cada añadido. Al anochecer es inundada por oleadas de puntos luminosos que a eso de medianoche se van extinguiendo dejando manchas oscuras aquí y allá. Pero al amanecer empiezan a sobresalir por arte de magia los contornos de las construcciones de los dúplex y las chimeneas de los chalets y las ramas peladas de los olmos, a aclararse hasta hacerse nítidos, tan visibles que ya son reales. Y con la luz los sonidos de la luz, del mismo modo que la oscuridad tiene los suyos, más aislados, más perfectos, más solos.

Una voz de la luz, de las que se confunden con otras voces, con el viento y las podadoras eléctricas, me habla en la espalda. Me vuelvo y descubro a Marina, más indefinida, más delgada y si cabe más rubia. Tiene los ojos más bonitos que he visto después de los de Sonia. Le expreso mi sorpresa por encontrármela en la conferencia de Alien.

Me alivian las palabras de este hombre. No sé por qué pero son un consuelo. Me hacen pensar que no todo está perdido, que no porque algo desaparezca de nuestra vista desaparece realmente, sobre todo si no lo olvidamos, dice.

Comprendo, digo para no tener que decir más. Echo de menos los besos de Yu. Sus besos son como transfusiones de sangre. Ha sido necesaria toda una pasada humanidad con millones de millones de bocas hasta conseguir los labios de Yu, su saliva, su lengua, sus dientes suaves, pequeñas piedras por las que el agua pasa constantemente y con las que me gusta tropezar. Me avergüenza un poco sentir ante Marina que la vida es maravillosa. No quiero retener el momento de verla marcharse, así que no la miro cuando se da la vuelta porque lo que se ve, aunque sea sólo una vez o sin intención de verlo, puede que ya no se olvide.

En el polideportivo necesitan un encargado que se ocupe de los carnés de la piscina, me dice Alien de pronto. Con esto me despierto por completo.

Veo que no te entusiasma la idea, dice.

Bueno, digo.

Mira, es una actividad que no exige ninguna entrega, puedes estar pensando en otra cosa. Cuando registres los carnés, cuando les pongas el sello, no tienes por qué estar pensando en los carnés, sino en lo que de verdad te interese ¿comprendes?

Podría ir pensando en un guión, digo sin convicción.

En el fondo te pagarían por pensar. Sería como una beca.

Visto así, digo. Tú, sin embargo, no tienes que pensar nada más que en lo que piensas. Por eso lo que dices tiene tu sello. Has logrado elaborar un producto absolutamente espiritual. La gente te sigue. La madre de Eduardo te sigue.

¿La madre del desaparecido?

Dice que tus palabras la alivian mucho. ¿No ves? Lo que haces sirve para algo.

Es necesario que la gente te crea. No se puede hacer nada si no resultas convincente. Incluso cuando selles los carnés, ellos tendrán que sentir que ese sello vale, que sabes que lo estás estampando, que siempre recordarás que lo has puesto en concreto en su carné, dice.

Parece difícil que todo lo que se hace a lo largo del día se pueda hacer de esa manera.

No si estás convencido de que lo haces. No es necesario que creas en ello ni que te guste especialmente, simplemente lo haces porque es lo que haces en lugar de todo lo que podrías hacer. No tienes que pensar que si pudieras no lo harías, eso es la muerte.

Le digo a Alien que voy a pensarme lo del polideportivo. La tarde se ha vuelto más fría aún y decido irme al cine. Cojo el autobús, paso rápidamente ante el conductor y me siento en las filas de atrás para que no pueda hablarme. Voy rodeado de la peña de quince que por ser viernes va sumamente excitada. Ellas muy maquilladas, y todos, ellos y ellas, con el pelo a tope y los detalles de la vestimenta analizados con lupa. Nada más arrancar empiezan a sentarse unos encima de otros y a decir obscenidades. Hasta yo me sentiría provocado si no fueran el fruto natural de los que ahora tenemos veinte, observados con fría curiosidad por ellos cuando volvíamos de Madrid en este mismo autobús bastante pedos, sobre todo Edu, al que tenía que arrastrar hasta mi casa en un estado calamitoso. Gran parte de los amigos del instituto están trabajando, no como yo, sino de verdad, en Madrid, en empresas con jefe de personal y varias plantas de despachos. A veces los veo salir o entrar de coches nuevos que no llegan a los dos millones, con trajes nuevos que no pasan de las treinta mil y caras de puteados. Nos decimos hola y adiós. Si hubiera llegado a irme a China y hubiera vuelto, yo sería el tío que ha estado en China y esto se les notaría en los ojos, en el saludo. Así soy el tío que se ha quedado en el sitio que se han hartado de ver durante tanto tiempo y que prácticamente han abandonado. Noto su involuntario desprecio. También me desprecian los universitarios. No lo pueden evitar. Formo parte de la tropa de haraganes que no hemos salido de la urbanización porque no hemos sido capaces de dar el salto, y a quienes en su mayoría se ha uniformado: los barrenderos van de naranja y los aprendices de jardinero de verde, los que se han colocado en el supermercado del Híper, de blanco. Estos últimos llevan un gorrito tipo barco para que no caigan pelos en el pan, la carne o la fruta. Vas por ejemplo a las secciones de ferretería y de jardinería, mis preferidas en épocas pasadas, y te encuentras con el careto de atontado de alguno de mis ex compañeros que me pregunta qué deseo. Le digo muy seriamente que estoy echando un vistazo o le hago que me explique cómo instalar el riego automático. Como soy un cliente no tiene más cojones. Coge un folio en blanco y un rotulador gordo, muy de profesional, y empieza a hacerse un lío. Es un tío que de pequeño hizo como que violaba a una amiguita suya, le dio por jugar a eso, y los padres de la niña denunciaron a los suyos, y los del resto de las niñas de nuestra clase de Primaria recomendaron a sus hijas que no se acercaran a semejante bicho. Ahora suelo verlo con una chica que trabaja en una boutique del Apolo y que tiene una cabellera castaña, larga, brillante y lisa que le llega al culo.

Le digo que no entiendo nada, que es imposible que el riego funcione si sigo esas instrucciones. Él se pone un poco nervioso y me dice que va a llamar al jefe para que me lo explique mejor. Le digo que no importa, que me lo estoy pensando, que no veo práctico lo del riego automático. Se queda con cara de haber perdido una venta. Piensa que ha tenido en la mano apuntarse una instalación de riego y que ese sueño se acaba de desvanecer. Aún no es capaz de reconocer a los que jamás lo compraríamos. Le han hecho creer que todos somos consumidores natos, y que en cuanto poseedores de un pedazo de suelo somos compradores potenciales de cualquier utensilio de jardinería, que sólo hay que convencernos. Se le lee en la desolación de los ojos.

Entre las cajeras también reconozco a antiguas alumnas del instituto. Van uniformadas con una camisa a rayas rojas y blancas y un lazo en el cuello y se maquillan como si fueran a hacer un casting. Están muy guapas, cada una a su forma, aunque todas se hacen ahora una gruesa raya negra en el párpado superior, se ponen polvos que les dan ese toque aterciopelado en la piel y perfilador de labios independientemente del color que usen. Me encanta mirarlas. Casi ninguna luce el tono natural de su pelo, no se lleva, sino artificiales naranjas, platinos, rojos y negros. Me miran como diciendo vaya vago. Ante su desesperación saco los artículos del carro con gran parsimonia fijándome en todos esos detalles demasiado deslumbrantes para estar en medio de ropa barata, cajas de leche, montañas de naranjas, geles gigantes de baño y promociones de sartenes y cacerolas.

Se puede decir que la nuestra ha sido la primera generación joven de la zona. De pequeño casi no se veía a jóvenes de catorce a veinte por aquí. Sólo a padres y niños. Así que según hemos ido creciendo la faz de la ciudad más perezosa del mundo se ha ido cubriendo de pelos chillones, de cabezas rapadas al uno, de tatuajes en tobillos, hombros, pechos, culos y muñecas; de pendientes en labios, cejas, lengua, ombligo y orejas, tanto en los jardineros, como en los barrenderos, como en los del Híper, como incluso en los de traje que, aunque más discretamente, también se han puesto algo. Yo mismo me he tatuado una serpiente en la espalda sobre la que Yu pasa la lengua muy despacio mientras me abraza con las piernas. Sé que para ella es más sexy que para mí el pijama chino. Le pido que se tatúe mi nombre en alguna parte que sólo yo pueda ver. Y ella me sonríe tristemente sin decir nada, lo que me alarma y me obliga a estar ya siempre alerta. ¿Qué quiere decir no decir nada?

El local donde me hago la serpiente pensando en excitar con ella a Yu está decorado como si fuese una gruta bastante transitada, al final de la cual, tras unas cortinas negras, se oye un aparato eléctrico que podría hacer pensar en las limpiezas bucales de la clínica de mi madre, de no ser por el olor a piel quemada. Trato de concentrarme en las ilustraciones de la pared para no oír y oler hasta que me toque el turno, y me decido por la serpiente negra que pienso que puede quedar muy bien sobre un omóplato, lo que me confirma el tío de la aguja, que lleva pantalones y muñequeras de cuero y unas greñas sumamente frondosas. Pero así es la vida, un tatuaje no te lo va a hacer un remilgado porque hacer un tatuaje debe de dar bastante asco. Ni tampoco se puede rodear el asunto de paredes blancas y atmósfera aséptica porque la obra tiene que ir cargada de cierta energía primitiva y psicodélica, de modo que al verlo Yu, eso que ve esté hecho en un cuartucho oculto tras unas cortinas negras al final de una gruta con las paredes de cartón, envuelto en el calor y el olor de mi piel quemada y la del tío de las greñas.

De regreso del cine y de pasarme por el apartamento para dejar la calefacción encendida, vuelvo a coincidir con la peña quinceañera, mucho más enloquecida que hace seis horas. Se amontonan en la última fila fumando y gritando. Es atro-

nadora tanta energía. No recuerdo que nosotros tu-
viéramos tanta. ¿Hacia dónde los conducirá? No
es difícil adivinarlo porque ellos suponen la continuidad de las pistas de tenis, de la piscina cubierta, de los jardines, de las viviendas unifamiliares,
de las guarderías y los colegios, de la estafeta de
correos, de los centros comerciales, de los contra-
tos basura, de un horizonte iluminado por la mano del hombre hacia el que nos dirigimos entre los
velos que el universo deja caer poco a poco.

Desde la parada el camino a pie a casa es si-
lencioso. Se encienden y se apagan algunas ventanas, se oye algún sonido propio de la oscuridad, o
sea, aislado y preciso, contundente. Kilómetros y
kilómetros de este mismo trayecto un día tras otro,
un año tras otro. La mayor parte de mi vida la he
dejado en este tramo que va de la marquesina roja
junto al solar aún no construido en su totalidad, a
la calle Rembrandt, ligeramente empinada, y por sus
aceras hasta el número dieciséis, mi casa, de fachada
marrón y ventanas blancas, con el porche antiguo
de baldosas rojas que el resto ha cambiado por
buena piedra de cantera rosa o por pizarra o barro
cocido y que han acristalado para que en invierno el
frío no pase al interior y que han llenado de plantas.

Mi madre dice con tono preocupantemen-
te nasal que ha querido esperarme levantada, aunque de haber sido más precisa habría dicho tum-
bada en el sofá y tapada con una manta.

Le pregunto si está acatarrada para que se
dé cuenta de las transformaciones que se van ope-
rando en ella.

Ah, sí, dice. Es la sequedad. La calefacción reseca mucho el ambiente.

Ya, digo yo, quitándome el gabán alemán, los guantes, la larga bufanda, que me llega casi a los pies, y la gorra tipo Che Guevara con la que podría casar muy bien un poco de barba.

¿Qué tal me quedaría un poco de barba? No cerrada, sino de esas que parecen de dos días.

Prueba a ver, dice, siempre que no parezcas un enfermo guarro. No creo que puedas estar más guapo de lo que estás.

¿De veras crees que soy guapo?, pregunto pensando en que Yu nunca me ha dicho que sea guapo ni que me quiera ni siquiera en esos momentos en que se puede decir cualquier cosa.

Escúchame, desde que llegué esta tarde no he cesado de oír aullar al perro de al lado. Es como si llorase. Puede que lleve solo mucho tiempo, que nadie haya venido a atenderle. Puede que el vecino haya muerto en uno de sus viajes y que nadie sepa que en su casa hay un perro que le espera. No sé, he empezado a darle vueltas a la cabeza y a preocuparme tanto que he tenido que...

¿Qué, mamá?, pregunto.

Creo que me estoy haciendo vieja. Hace unos años no me hubiera importado lo más mínimo lo que le ocurriera al perro de al lado.

Tal vez nos encontremos ante otro síntoma de su adicción, pero como es costumbre me callo. Y dedico toda la atención a escuchar al pobre *Ulises*.

Parece que tiene hambre. Sin duda está solo. Tal vez deberíamos hacer algo digo.

¿Algo como qué?

Por lo pronto voy a salir y a llamar al timbre.

Ulises al oír los timbrazos emite sus conocidos ladridos broncos. Le hablo a través de la puerta. Le digo: *Ulises* ¿tienes hambre? Un solo ladrido como si asintiese, como si hubiese reconocido mi voz.

Paso a mi casa aterido de frío. La luna desprende el vapor helado que cubre los coches, el suelo y el hierro de las verjas. Así que me abrigo y le digo a mi madre:

Voy a saltar al jardín del vecino. No voy a dejar a ese animal así.

¿No deberíamos llamar a la policía o a los bomberos? Imagínate que te ataca.

Voy a darle pan. Él me conoce. No te preocupes, digo sin estar seguro.

Hago lo que he pensado con la dificultad que conlleva la materialización de cualquier acto imaginativo. Me cuesta trabajo trepar por la pared y luego descender por ella. En los bolsillos he metido el pan y una linterna que saco al caer al otro lado. El chorro de luz de la linterna cae sobre la hierba sin cortar, sobre una fuente, sobre la vegetación que se aprieta contra las paredes del fondo, sobre los árboles de ramas desnudas y sobre todas las hojas caídas en otoño podridas en el suelo. Luego ilumina la fiera figura de *Ulises* tras las cristaleras del salón. Según me aproximo a él, se vuelve más loco. Dejo la linterna en un lugar donde también me alumbre a mí. Descorro un poco la puerta de cristal y dejo que me huela. Le hablo, le doy un pequeño trozo de pan y luego otro. Le digo: *Ulises*, guapo, no quiero hacerte daño. ¿Te acuerdas cuando te tiraba pan por encima de la tapia? Hago sonidos cariñosos que a *Hugo* solían gustarle mucho. Al fin abro más la puerta para ver sus intenciones y le paso la mano por el hocico. Cuando veo que mueve el rabo dejo que salga fuera y que corretee a mi alrededor y que me ladre. Le ofrezco más pan con la mano. Intento acariciarle y le acaricio. Mi madre pregunta si todo va bien. *Ulises* ladra en dirección a su voz. Le pido que tire una botella de leche y busco un cacharro para echarla. Troceo el pan en la leche y cuando se lo está comiendo le paso la mano por la cabeza.

Ulises ¿a que está bueno?

Sigue comiendo con sus grandes colmillos y su ágil lengua. Y cuando termina me lame la mano, y yo se la paso de nuevo por el pelo tan corto y tan suave, por el relieve de los huesos del cráneo y de la cara. Me acerco a las puertas de cristal, él me sigue. En el interior huele mal. *Ulises* ha debido de hacer sus necesidades ahí durante varios días. Alumbro con la linterna las paredes en busca de un interruptor de la luz, pero él avanza decidido por el pasillo, se mete en una habitación y ladra al suelo junto a unas estanterías de obra. Creo saber por lo poco que traté a Serafín Delgado que me agradecería que me preocupara por su perro y su casa. Encuentro un interruptor, pero no funciona. Seguramente han cortado la electricidad. Vierto el chorro de luz sobre las baldosas que olisquea *Ulises*.

Aquí no hay nada, *Uli*.

Ante su insistencia paso la mano por la superficie y encuentro una ranura en una de las baldosas, así que meto las uñas por ella y la levanto.

¿Qué es esto, una bodega?

No hay nada de lo que extrañarse. Salvo casos excepcionales como el de mi casa, en casi todos los chalets se ha practicado una trampilla por la que se desciende a frescos sótanos donde se guardan las botellas y las herramientas que no caben en el garaje y una cama para echarse la siesta en verano. Y aquí tenemos el del vecino, cuya construcción nos ha pasado inadvertida, aunque tal vez parte del jaleo nocturno que soportamos durante un tiempo se debía a esto. Alumbro hacia abajo con la linterna, y *Uli* se precipita escaleras abajo. Detrás voy yo con algo de precaución porque al fin y al cabo un sótano está bajo tierra, no a la vista, digamos que no está en la superficie de la urbanización, destinada a que nada cambie su apariencia, sino enterrado bajo los salones y cocinas y cuartos de baño, sumergido en la vida de sus habitantes, que de vez en cuando pueden abrir la trampilla y descender por las escaleras hacia lo más remoto de su forma de existencia. A estas alturas ya debería haberse hecho un mapa del mundo subterráneo de esta ciudad, donde tal vez se apreciaría la verdadera personalidad de los vecinos. Algunos están conectados por pasadizos entre sí, para poder entrar en casa del vecino si alguna vez se olvidan las llaves o simplemente como muestra de confianza o para que los niños correteen y jueguen sin los peligros de la calle. Tienen las formas más extrañas y los colores más diversos y todos se sienten orgullosos de ellos como demuestra el hecho de que te los enseñen a la menor oportunidad. Les gusta que te sorprendas cuando te señalan la disimulada entrada a los infiernos debajo de un sillón o de la báscula del baño o bajo una alfombra. Si entrar en una casa y toparte con los olores y los gustos y las manías y el pasado distribuido por aquí y por allá de los dueños ya es heroico, bajar al sótano supone ver el lugar oculto.

Uli me guía por un laberinto de corredores inquietante. No son largos, sino intrincados, con infinitos recodos a derecha e izquierda. Parece un laberinto para ratones de mi tamaño y empieza a preocuparme el hecho de que luego no encuentre la salida. También me preocupa que *Uli* no sepa dónde va. A veces se detiene un instante, lo que me hace dudar de su sentido de la orientación y me angustia. Da la impresión de que estemos dando vueltas sobre un mismo punto. Es increíble todo lo que puede ocurrir en un momento real para mí e inexistente para mi madre, que por muchas vueltas que esté dándole a la cabeza, nunca se lo imaginaría. Pasas a la casa de al lado, idéntica a la tuya, y te ves metido en un laberinto del que puede que jamás salgas. ¿Y si me hubiera entrado aquí sin saberlo nadie? Por ejemplo, una tarde estoy solo en casa y hago lo que acabo de hacer y no encuentro la salida y me quedo aquí para siempre y ya no puedo ir nunca más al apartamento ni ver a Yu. Habría desaparecido como Eduardo. Los humanos nos perdemos con facilidad. Si no pudiéramos perdernos, los laberintos no existirían. *Uli* se pone a ladrar de un modo que me sobresalta. ¿Qué pasa, *Uli*?, le digo mientras desembocamos en un cuarto que apesta por decirlo de alguna manera. Hay un camastro y sobre el camastro un tío. Lo enfoco bien desde la entrada porque en principio me da mucho asco acercarme. El tío abre un poco los ojos.

¿Ya estáis aquí?, dice.

Uli le lame la cara y mueve el rabo lo que me lleva a pensar que se trata de su dueño, del propio Serafín Delgado.

¿Serafín Delgado?, pregunto.

Habéis tardado, cabrones, en dar conmigo, dice con pausas exigidas por una terrible fatiga.

Serafín, soy el vecino. ¿Se acuerda de mí? El chico de la casa de al lado.

¿Tú los has traído?

No he traído a nadie. Vengo solo, se lo juro. Nada más estamos *Ulises* y yo.

Me aproximo con precaución, como si el olor que despide pudiera acuchillarme.

No me jodas con esa luz, dice, haciendo las pausas a que me he referido antes.

Uli espera sentado y con la lengua fuera y goteante como los perros felices.

Dejo la linterna en una esquina del cuarto para que alumbre a modo de lámpara.

Se queja al tratar de incorporarse, lo que me hace pensar que debería ayudarle, o sea, que tendría que tocarle. Culpo a mi madre de ser tan escrupuloso. Ella es quien me ha hecho así con su manía de los afeitados y por utilizar tanto las palabras repugnante, asqueroso y maloliente referidas a las personas. Y también culpo a la asistenta por ser tan rigurosamente limpia —salvo para cambiar las sábanas de mi cama y plancharme la ropa— e insistir en que no ha visto mayor guarrería que en las cocinas de los restaurantes, incluso los mejores, ni mayores guarros que los cocineros, que a veces no se lavan las manos después de mear. Lo que me ha impedido disfrutar plenamente de las comidas fuera de mi casa, de forma que todas las porciones de pizza que me he ventilado en el Híper, lo he hecho con la convicción de que el tío que mareaba la masa había estado un rato antes en el lavabo sujetándosela. Y lo mismo en los bares y en la charcutería cuando caen en la palma de la mano las lonchas de jamón de york. En esas ocasiones sólo me queda rogar internamente que el dependiente no tenga ninguna enfermedad.

Su estado es lamentable. Está muy delgado, sucio, como ya anunciaba de lejos, y desde luego con expresión de no estar muy cuerdo.

Entonces ¿no están contigo?

No hay nadie aquí más que nosotros. Ahora voy a levantarle ¿de acuerdo?

Y le cojo por debajo de los brazos pensando que después de esto cualquier bar, camarero y váter público van a parecerme suficientemente higiénicos. Logro sentarle en el camastro con los pies en el suelo y le pongo los zapatos.

Aquí hace mucho frío y humedad, le digo. Ahora vamos a salir ¿de acuerdo? Arriba tampoco hay nadie. Es por la noche y estamos solos. Se lo juro. *Ulises* no me hubiera conducido hasta aquí si hubiera notado algo raro.

Voy a morirme, dice.

Pero no será aquí dentro, digo.

Con una mano cojo la linterna, y un brazo se lo paso por la cintura al vecino. Seguimos a *Ulises,* a quien a veces he de llamar para que no vaya tan deprisa. Por fin nos topamos con las escaleras, cuyo ascenso para Serafín presenta alguna dificultad, pero que aún conserva la suficiente fuerza para pedirme que cierre la trampilla.

Sin eso estoy muerto, dice.

Busco una cama donde acostarle. Le quito los zapatos y le arropo con todo lo que encuentro. Las camas están vestidas con finas colchas de verano, lo que quiere decir que en todo el invierno no ha dormido en ninguna de ellas. Le digo que voy a traerle algo caliente. Le digo que necesita recuperarse. Le digo que nadie tiene ni idea de que haya subido arriba ni de que antes estuviera abajo, que puede estar tranquilo.

Entonces ¿por qué me has encontrado?, dice.

Por casualidad. Estaba preocupado por *Ulises,* y él me llevó hasta usted.

Cojo unas llaves y salgo por la puerta como un señor. Mi madre está preocupada. No ha sabido qué hacer ante mi tardanza. Ha estado a punto de saltar ella también la tapia para ir a buscarme. Ha imaginado que el perro me había matado. Ha sido media hora angustiosa.

¿Sólo media hora? Me han parecido horas, digo.

En la cocina preparo leche caliente y le añado miel y limón. Cojo galletas, chocolate, unas naranjas y pan para *Ulises*.

El vecino está enfermo. Le han cortado la electricidad y no tiene ni luz ni calefacción.

Pobre hombre, dice mi madre. ¿Crees que yo debería ir?

Creo que no. Y creo que nadie debería saber esto. Tiene miedo de alguien.

Comprendo, dice. Como ya está todo en orden me voy a la cama. Mañana tengo que ir a ver cinco pisos.

Vaya, digo. Aún sigues con eso.

He de obligar al vecino a que se despierte para que se tome la leche. De pronto se me ocurre que lo primero que haré al día siguiente es afeitarle. Le pongo agua en un cazo a *Uli* y le dejo el pan en el suelo para que, aunque no tenga hambre, lo chupe y lo mordisquee y no se sienta abandonado.

Me ducho antes de irme a la cama simplemente para separar los ambientes. Y cuando la asistenta me zarandea y me despierta por la mañana con sus rituales frases ignominiosas, me viene a la mente todo el asunto de la casa de al lado, un asunto terrorífico propio de la oscuridad, que a la luz del día no resulta nada más que penoso. Todavía tengo la oportunidad de no involucrarme más, de olvidar, pero la realidad es que salvo verme con Yu no tengo otra cosa mejor que hacer.

A pesar de ser sábado, mi madre ya ha emprendido su periplo de pisos en venta. Es tranquilizador y preocupante a un tiempo que alimente esa fantasía con tanta fuerza.

Procuro que nadie me vea entrar en la casa de al lado aunque es algo de lo que nunca se puede estar seguro en la ciudad más cotilla del mundo. Siempre puede haber alguien mirando desde alguna ventana, y las ventanas son muchas y, según los dictados de la arquitectura moderna, muy grandes, de forma que aun sin querer mirar se ve. Yo por ejemplo no tengo ningún interés en contemplar en pelotas a la familia de enfrente y, sin embargo, a mi pesar, los veo. Al barrigudo del padre, a la tetona de la madre y a los escuálidos de los hijos. Al principio me sobresaltaba cada vez que se me aparecían ante los ojos, porque nunca hubiera elegido ver los enormes pezones de esa señora ni todo lo que forzosamente he visto. Pero ahora procuro que formen parte de los paisajes indiferentes, de los que ni fu ni fa, como el autobús que pasa o la fábrica de yeso del otro lado de la autopista. Mi madre dice que deben de ser nudistas o algo así y que no les importa mostrar el cuerpo. Por eso no se molestan en correr las cortinas ni en taparse con algo cuando están en casa. Para ellos ponerse cómodos es quitárselo todo. Sólo espero que nunca me inviten a su casa para no tener que sentarme en sus sillas.

Vengo provisto de café con leche para Serafín y de media tortilla de patatas que quedó anoche y más pan para *Ulises*. Serafín continúa en la cama, aunque despierto.

Le digo: Voy a afeitarle y luego voy a limpiar la casa y a encender la chimenea. Después se va a duchar y a cambiarse de ropa y el lunes daremos de alta la electricidad.

Yo no puedo salir de aquí, lo siento.

Bueno, iré yo. No hay problema.

¿Y si te siguen? No eres consciente de lo peligroso que es esto.

También me llevaré a *Ulises* a que corra un poco por la vereda.

Ulises no sale de aquí. No te pases de listo.

Está bien. Está bien, digo. Sólo quiero ayudar.

¿Es que tienes la costumbre de ayudar así como así?

Una vez le ayudé a sacar cajas del coche y a meterlas aquí.

Te pagaría ¿no?

Sí, me pagó. Pero ahora no quiero que me pague. No quiero nada, de verdad.

Así no te vas a hacer rico.

Si supiese cómo hacerme rico, me haría. Si supiese cómo arreglar la vida de mi madre, la arreglaría. Si supiera cómo introducirme en la industria del cine, me introduciría. Lo único que ahora se me ocurre es echar una mano aquí. Lo hago por *Ulises,* porque necesita un amo y una casa.

Quiero que sepas que me escondo periódicamente. Hago como si me marchase de viaje, pero en realidad me oculto en el sótano. Esa obra, la del laberinto, ha sido la mejor idea de mi vida. Ya han venido varias veces a buscarme. Han revuelto la casa, pero no han dado conmigo. A veces he contratado a gente para que viniese a limpiar el chalet y a dar de comer a *Ulises*. Otras era yo mismo quien subía por la noche a hacer esa tarea.

Es terrible vivir así, digo.

Más terrible es estar muerto. Aunque estos últimos días no me hubiera importado morir. Ya no me apetecía salir fuera. Echo de menos estar ahí abajo sin miedo.

Eso no puede ser. Es como si usted mismo se hubiese secuestrado. No es sano.

¿Ah, no? ¿Y qué es sano, hacer footing y no fumar? ¿Crees que ésos no se vuelven locos?

Es evidente que me encuentro ante un claro caso de enajenación mental. Se me ocurre que Serafín haya sido recluido en algún psiquiátrico y que sea de los médicos y las enfermeras de quienes tiene miedo, que piense que lo persiguen.

Chico, cuanto menos sepas, mejor para ti. Piensa lo que quieras.

Hago que *Uli* salga al jardín y empiezo a limpiar y voy mirando lo que voy dejando limpio con tal placer que creo que el haber observado a la asistenta tantas horas me ha dejado una huella muy profunda, una especie de ciencia de la limpieza que hace que sin haberlo hecho nunca sepa dejar los suelos inmaculados y los cristales translúcidos y los baños y la cocina como espejos. Porque el pobre Serafín no está en condiciones, de estarlo, le pediría que comprase productos con olor a pinos y a limones. Le digo que voy a dejarle algo de comer porque quizá no pueda volver hasta mañana.

Por favor, no se esconda, no va a venir nadie. Procure ducharse, le sentará bien.

Si te crees que estás haciendo un acto de
caridad, vas dado. No serás uno de esos que van
para curas.

Qué idea tan falsa he tenido de mi vecino
hasta ahora. Esa idea que se tiene sin querer tenerla, sin ponerse uno nunca a pensar en ello, la que
trae el viento como trae briznas de paja y polen y
la arenilla que se mete en los ojos. Serafín Delgado era el generoso hombre de negocios que viaja
constantemente, que hace la reforma más impac-
tante de toda la urbanización y que le suelta mil
pelas a un crío por ayudarle a sacar unas cajas del
coche. Y ahora resulta que es un viejo mezquino
y asustado.

Quiero proponerle a Yu que pasemos la
noche juntos. Podríamos hacer el amor hasta caer
rendidos y quedarnos dormidos. Me entusiasma esa
perspectiva. Cenaríamos en los alrededores, o mejor
aún, si acepta, bajaría en un periquete a comprar
cualquier cosa y ya no tendríamos que salir hasta
el día siguiente cuando ella quisiera, yo no tengo
prisa. Mi única responsabilidad hoy por hoy es la
del vecino y el perro, a la que nadie me obliga, de
la que puedo prescindir en cuanto me parezca. En
realidad no es una auténtica responsabilidad. Como
todo en esta ciudad parece un ensayo de la verdadera responsabilidad. Como los estudios parecían

un ensayo de los verdaderos, y el trabajo en el videoclub una infantil aproximación al de los tíos de traje y complementos de marca. Como tampoco las conferencias de Alien son auténticas conferencias, rigurosas y documentadas. Y quizá por eso me gustan tanto, porque estoy muy educado en lo inauténtico.

Llego antes que Yu y esto me descorazona un poco. Me gusta, al entrar, que avance a recibirme desde donde esté porque en ese mismo instante me invade una gran oleada de lujuria y ya no pienso en otra cosa que en comérmela bajo la luz de la lámpara que cuelga del techo iluminando el gran espectáculo de mi banquete. Sólo con pensarlo me caliento bastante, así que espero con ansiedad agónica que suene la cerradura. Ese pequeño ruido que abre la puerta del paraíso. El paraíso está en el cuerpo de Yu. Aunque parezca que he aprendido poco, he aprendido que en el fondo todo lo que no tenemos y queremos está en otro cuerpo, en el que me hundo porque todo lo que en esa persona no soy yo y puedo probar con la boca me produce un gran placer.

Más o menos estoy una hora así, medio desesperado, hasta que por fin aparece precedida por el maravilloso sonido de la llave. Se quita el abrigo, el sombrerito, los guantes. Se queda con jersey y falda negros sobre medias también negras. El pelo recogido en una brillante cola de caballo. Me mira desde ese mundo lejano suyo donde viven encerrados sus ojos. Le pido que se desnude. Quiero ver cómo se queda desnuda. Estoy tan excitado que creo que me voy a marear. Me dice que no puede porque tiene que marcharse enseguida.

¿Cómo que tienes que marcharte?

Sí, ha venido mi marido de Taiwán.

Se esfuma el delirio. La carne vuelve a su estado natural. La sangre se calma. Recibo y respondo a sus besos casi mecánicamente. Se ha sentado encima de mí y me abraza por el cuello.

No lo esperaba. Ha sido una sorpresa. Me he escapado un momento para decírtelo. Quiere que regrese con él.

¿Y qué vas a hacer?

No lo sé. Está la cuestión del dinero. Dice que no va a enviarme más. No tengo dinero. No tengo trabajo. ¿Qué puedo hacer?

Por el trabajo no hay problema, podemos encontrar cualquier cosa.

Sí, pero es que, ¿sabes? No quiero trabajar en cualquier cosa. No sería feliz.

Ya, digo pensando que será mucho peor perderla que no haberla encontrado.

Se marchará dentro de dos días. Yo, dentro de quince, a final de mes. Hasta entonces tenemos tiempo de vernos.

Hago café y nos lo tomamos en silencio, sentados en el sofá ante un televisor invisible. Pienso en la gran jaula de los pájaros, en el invernadero y en el estanque, en los peces del estanque, en la luna reflejándose en el estanque, en las ramas de los árboles oscureciendo el agua, en el agua dorada por el sol.

¿En qué piensas?, dice.

En ti.

Nos encontramos algo incómodos así, juntos y vestidos, lo que me obliga a apagar la calefacción y ponerle el abrigo, el sombrero y los guantes. Le coloco bien la cola de caballo por fuera del abrigo. Me detengo unos segundos a mirar concluida mi obra y salimos, recorremos el laberinto de puertas como la nuestra, bajamos la escalera y ya estamos en el mundo donde hay un lugar al que pertenece Yu y otro mucho más vago, más impreciso, al que se supone que pertenezco yo.

Regreso a ese miserable lugar completamente desfondado, en total soledad. Calles ajenas, semáforos ajenos, civilización ajena. Antes de desembocar con el coche en la autopista, paso frente a la enorme peña quinceañera que se apea del autobús de la urbanización. Aún no han sufrido suficientes decepciones y quizá nunca las sufran porque no todo el mundo es arrojado del paraíso. Se habla mucho de ello, pero sólo algunos sentimos la patada en el culo. También ha debido de sentirla Serafín Delgado, tal vez sea eso lo que tenemos en común sin parecernos nada en absoluto.

Le pregunto a mi madre qué tal le ha ido lo de los pisos y dice que uno no está mal. Doscientos metros, quinto exterior, cinco habitaciones, frente al Retiro, casa señorial, garaje.

Parece bueno ¿no?, digo.

Tal vez haya otros mejores que aún no he visto, dice. Si éste existe, necesariamente tiene que haber otros iguales y mejores. No quisiera apresurarme.

Para qué darle vueltas a lo de mi madre. No tiene remedio. Se ha empeñado en un imposible porque lo inmejorable no existe. La decoración inmejorable no existe, ni siquiera los sueños inmejorables. Le pregunto si ha notado movimiento en la casa de al lado.

Se oye al perro en el jardín. Nada más, dice.

Abro la verja del porche y entro en la del vecino para distraerme y no pensar en Yu. *Ulises* entra del jardín corriendo como un salvaje, me tira al suelo y me lame la cara. Quiero a este perro. Antes de ocuparme del dueño le renuevo el agua del cazo y saco del bolsillo unas croquetas que he cogido de la encimera de mi cocina y que he envuelto en Albal.

Son de jamón, tío, le digo.

Serafín no se encuentra en la cama, que está perfectamente hecha con la colcha de verano de nuevo. Ni rastro de que haya estado por aquí. Se ha deshecho hasta de las maquinillas de afeitar. Pero ha tenido el buen criterio de dejarle a *Ulises* abierta la puerta que da al jardín. Abro la trampilla y *Uli* duda entre seguir con las croquetas o tirarse escaleras abajo. Opta por lo segundo, lo que me confirma su calidad perruna. Le doy a la linterna y comienza el recorrido, húmedo, tenebroso, desasosegante. Tengo que llevar agarrado a *Ulises* de la correa para que no me deje solo, lo que me resulta muy incómodo porque he de andar medio agachado. Cuando arribamos al cuartucho me molestan los riñones. Esta vez Serafín ha bajado provisto de linternas y de velas, que ha encendido, creando un ambiente que impresiona.

Serafín, esto es espantoso. ¿No se da cuenta?

Qué sabrás tú del espanto.

¿Pero por qué le busca esa gente que le busca?

Quiero pedirte un favor, amigo mío, dice. ¿Querrás hacerte cargo del perro si a mí me ocurre algo?

Siempre he querido tener un perro. Ésa es la pura verdad. Pero no va a ser el suyo porque no le va a ocurrir nada.

Ja. Qué gracia me haces. Te crees que lo sabes todo. Casi no me conoces y crees que puedes opinar sobre lo que me pasa ¿a que sí?

Pues no sé. Es que me parece exagerado.

Me quedo corto, no te quepa duda.

He traído unas croquetas. Nos las podríamos comer arriba. Ahora estamos seguros.

No me atrevo, dice Serafín, porque aunque luego lo dejemos todo recogido y nos parezca que hemos borrado todos los rastros, siempre quedará alguno. Siempre encuentran el detalle que delata.

¿Por qué no se marcha a otra ciudad, a otro país? Podría cambiar de identidad y vivir como las personas.

Estoy más seguro aquí, bajo tierra, donde no me voy a tropezar con nadie. Ten en cuenta que los humanos tenemos que comer, dormir, vestirnos, hablar y que todos somos diferentes. Vamos dejando restos de nuestra existencia aquí y allá. Se nos detecta fácilmente.

No siempre, digo. Un amigo mío ha desaparecido y no hay forma de dar con él. Se ha esfumado.

Porque ha desaparecido de verdad. No hay indicios porque ya no existe, dice.

Serafín no miente. Le creo. Acabo de perder a Eduardo. Aunque sea brevemente, siento un gran desconsuelo y la pérdida de su vida en mi vida pasada e incluso en el futuro porque ya todo lo que ocurra en adelante va a ocurrir sin él.

Aparentemente nada variará. En la precipitación de los acontecimientos diarios no habrá ausencia. Pero sí la habrá en el conjunto de lo que sé. En la Gran Memoria. En la mente del tiempo.

Estoy cansado de discutir, dice. Vamos arriba. Sé que es el principio del fin.

El lunes por la mañana iré a dar de alta la electricidad para que esté más cómodo aquí abajo, si es que es esto lo que quiere.

Apagamos las velas y recogemos las linternas. Ya no tengo que ayudarle a andar, lo que agradezco porque entre las numerosas señales que despide la más potente es la de no haberse duchado como le aconsejé.

Por mucho que intento concentrarme no soy capaz de registrar los giros a derecha e izquierda. Me pierdo. Una vez en el exterior logro convencerle de que mientras preparo la mesa, se pegue una ducha. Enciendo el calentador de gas y le conduzco a la puerta del baño. Le prometo que la ropa que se quite la tiraré en un contenedor lejano a nuestra calle. *Ulises* está contento.

Un día de éstos también voy a bañarte a ti, le digo. Y se me pasa por la cabeza sacarle a que dé una vuelta por ahí.

No puedes salir, le digo. Tu amo no quiere. Lo siento, tío.

Cuando Serafín se sienta a la mesa con el pelo mojado y peinado y oliendo a colonia parece que el mundo empieza a ordenarse. Se levanta y saca una botella de vino de alguna parte. Me pregunta qué hago además de exponerle a que lo maten. Le digo que estoy locamente enamorado de una chica que se llama Yu.

Con ese nombre será oriental, dice.

Ahora tiene que regresar a Taiwán con su marido. Ha venido a buscarla. ¿Por qué lo bueno es imposible?

No puedo fiarme de ti. Has sufrido poco. No sabes nada, dice.

Se equivoca, sufro mucho. Me desespera la idea de que me deje.

Hablo de sufrimiento real, del malo.

Nunca se me hubiera ocurrido que hubiese un sufrimiento bueno y otro malo.

Pues piénsalo, aún tienes tiempo.

Después de cenar, eliminamos todo rastro de señales vitales con gran cuidado. Tiene que dar la impresión de que en la casa no vive nadie, que alguien viene a limpiarla y a sacar al perro, nada más.

¿Tiene ya menos miedo?, pregunto mientras ato las bolsas con la ropa y los desperdicios que he de tirar.

He asumido que no voy a salir vivo de ésta. Por poco me quedo ahí dentro. A su debido tiempo te daré las gracias, no antes.

Me dirijo hacia los contenedores del final de la calle, no más lejos. En cuanto siento el frescor del aire y veo la luna y las nubes que pasan por ella y las siluetas de la noche surgiendo del firmamento más cercano y del que se cuela entre las edificaciones y los árboles y las almas errantes, la tragedia de no tener nada y de que Yu y el apartamento sean un espejismo se hace sólida como una piedra.

No me importan Serafín, ni *Ulises,* ni mi madre, ni mis hijos futuros, ni toda esa gente que me inspira compasión, porque no forman parte del agua que he de beber, ni de la comida que he de comer, ni de los sueños que he de tener. Por el contrario, Yu me colma la boca, los ojos, todo el cuerpo.

Mi madre me reprocha que pase más tiempo con el vecino que con ella. Le recuerdo que nadie debe saber que el vecino está en su casa, que todo ha de continuar como todas esas veces en que pensábamos que estaba de viaje.

Tenlo presente, le digo.

Por cierto, dice, ¿has pensado lo de la clínica? Claro, no hay nada que pensar, no tienes alternativa. En cuanto él me diga, empezarás a ir por allí. Con el tiempo podrías ocupar mi puesto.

Otra cosa, dice, ha llamado el Veterinario. Ha de ir a identificar otro cuerpo que podría ser el de Eduardo. Qué pesadilla ¿no?

Sí, contesto.

Creo que no tendría que contarnos absolutamente todo. No gana nada con angustiarnos a nosotros también. No podemos hacer nada.

Pienso que la verdad es que la investigación de su desaparición va muy lenta y, sin embargo, otras cosas van demasiado rápido.

Fíjate en el tiempo que me está costando encontrar piso. A este paso no me caso nunca, dice ella.

Sí, es curioso, digo.

El domingo se me viene encima como una mole. Un domingo sin Yu en el apartamento es el peor domingo de la creación, el menos conseguido, el más flojo desde el punto de vista artístico. Un domingo que hay que olvidar. Ni siquiera voy a ir al cine para evitar la sensación de introducirme entre los brillantes que se derraman del puño abierto.

Al mediodía, después de comer, cuando la ciudad más dormilona del mundo se amodorra frente a la tele, cuando mi madre se tumba en el sofá, se tapa con la manta y se va tomando un té con coñac o un coñac con algo de té, que ella cree que no huele a coñac, y alguno de los cerdos de enfrente se levanta del correspondiente sofá y se estira frente a la ventana, como si su existencia mereciese ese despliegue de piel y células y manteca, paso a la casa de al lado, que he logrado que huela un poco como la mía, o sea, no como una casa sino como un bosque, y acaricio a *Uli*. Meto el estofado que he traído en el microondas y sirvo una copa del vino que, a pesar de la insistencia de Serafín, no tiré por la noche junto con las sobras. A *Uli* también le sirvo su ración de estofado.

Os vais a zampar mi comida de mañana, le digo.

Alzo la trampilla y bajo. Incluso a esto puede acabar acostumbrándose uno. *Uli* ha dudado entre el estofado y seguirme y ha elegido el estofado. Así que grito para que Serafín me oiga. Su contestación suena más cercana de lo que esperaba. Me va indicando las vueltas y revueltas que tengo que dar hasta que me topo con el fulgor de las velas encendidas.

Estoy tratando de leer. Me has salvado, hijo.

¿De qué?, pregunto, aunque sé que cuando se manifiesta algo tan general y tan vago es inútil preguntar.

De volverme rematadamente loco, de morir aquí dentro, de no pensar en ninguna de las cosas hermosas que hay en el mundo.

Estoy leyendo la historia de Carlomagno, dice, un hombre que vivió y murió, como me ocurrirá a mí, a ti y a todos. Es inútil tener miedo.

Entonces salgamos de aquí.

Quiero que domines el laberinto. Fíjate bien en lo que hacemos. No es tan difícil como piensas.

Le sirvo el estofado y le pongo la copa de vino, que mira con ostensible recelo.

¿No te dije que tiraras la botella?, dice.

Se me olvidó, digo poniéndome yo también una copa y mostrándole la botella vacía.

Hay que escuchar con atención. Si te digo que hay que tirar la botella tal vez sea porque yo sé que hay que tirar la botella.

Me habla con los codos apoyados en la mesa y el torso echado hacia delante. Indaga en mis ojos como queriendo comprobar que no soy estúpido. Es convincente.

¿Por qué no se queda contigo Yu? ¿No te quiere?

Creo que sí me quiere, digo pensando en sus besos, en su excitación, en su entrega total al placer, en esos momentos en que me dice haz conmigo lo que quieras, lo que quieras, lo que quieras.

Pero al mismo tiempo, digo, no quiere tener que trabajar aquí en España. Su marido es rico. En Taiwán tiene una casa impresionante con una enorme jaula llena de pájaros, un estanque con toda clase de peces y criados.

Entonces es comprensible, dice. No tiene nada que ver una cosa con otra. En igualdad de condiciones con su marido, ella se quedaría contigo.

Mira, hay que luchar contra la costumbre. ¿Sabes a qué se debe la mayoría de los accidentes de ferrocarril, aéreos, de coche? A la rutina. La rutina anula la atención. Lo difícil parece fácil. El descuido, la distracción nacen de la confianza excesiva. En cuanto me relaje, darán conmigo. No hay duda de que lo harán porque me apetece estar como tú, distraído. Así que, a ver, dime que me escucharás con atención.

Asiento preocupado, expectante.

Tengo un tesoro, dice. Ésa es la raíz de mis problemas.

Lo sé, te parece increíble, dice. Pero puedo asegurarte que no soy el único. La mayoría lo tiene en cajas de seguridad, en cajas fuertes, en inmuebles, en bonos, en acciones. El mundo está repleto de personas que poseen tesoros, y el mundo está lleno de tesoros. ¿Qué idea tienes tú de lo que es un tesoro?

Cofres rebosantes de joyas y maletines llenos de dinero.

Eres un romántico.

Es la cuarta persona que me lo dice, el primer hombre en este caso.

¿Qué idea tiene usted de lo que es ser romántico?, pregunto.

Alguien que piensa que los tesoros hay que ir a buscarlos a lugares remotos y que tienen que brillar. Y que el amor sólo tiene que ver con lo que se siente y no con lo que se piensa ni con lo que se desea.

Me coge el brazo con la mano: ¿Tienes buena memoria?

Creo que normal, digo.

Escúchame bien. Quiero que memorices una clave, ¿podrás? —y pienso que es la segunda persona, tras Eduardo, que me hace depositario de algo que ha de ser guardado—. Si me sucediese algo, si se cumpliesen mis temores, lo que no es tan descabellado como crees, dirígete a este banco de Ginebra, ¿de acuerdo?

De acuerdo, digo. Podríamos pasar la tarde jugando a las cartas y viendo la televisión, hablando.

¿No crees que estarías mejor en tu casa? Aquí hace frío.

Podría encender la chimenea.

No, aún me queda algo de sensatez. Carlomagno me espera. Estoy disfrutando con él, en serio.

Le he traído una cosa, digo, y le ofrezco mis walkman. Así podrá oír música sin armar bulla.

Qué gran idea, dice. Me bajaré la leche y la fruta que has traído. No hace falta que vengas luego. Es mejor que espacies las visitas.

Lo recogemos todo antes de que levante la trampilla. La cierro tras él. He de ir a tirar la bolsa con los desperdicios. *Ulises* me mira sentado con la lengua afuera y goteante. Le digo en voz baja:

¿Y si ahora nos vamos tú y yo a dar una vuelta?

Miro alrededor. Todo está en orden. Cierro la puerta que da al jardín simplemente porque así lo querría Serafín. Cojo cuidadosamente la correa colgada en la pared. *Uli* ladra y mueve el rabo. Puede que Serafín ya se haya puesto los walkman. Le he grabado música que le puede gustar: Oasis, Queen, The Animals, Bob Dylan, Deep Purple, Dinah Washington y Nina Simone, a quien me he aficionado desde que sé que la perrita de Yu se llama *Nina*. Es una soberana tontería que por una manía el pobre *Uli* no pise la calle y privarle de que se pegue unas cuantas carreras por la vereda. Es inhumano y descabellado y disculpable porque el pobre Serafín no está en condiciones de darse cuenta de lo que hace.

La ciudad está cubierta por una capa de hielo azulado. Hay claridad, pero no sol. Bajamos la calle empinada hacia la marquesina roja y luego tiramos junto al solar hacia la vereda de los álamos, los perros y los dueños de los perros. Cuando lo suelto, *Ulises* enloquece. Corre en todas direcciones. Se mete con los otros perros. Está a punto de derribar a varios paseantes, y a mí me da igual. Soy un dueño más que mira hacia el cielo como estudiando su composición. Miro al horizonte como estudiando la distancia. Pero me aburro un poco y se me ocurre llevarme a *Uli* al bosque de pinos, donde puede ser auténticamente feliz y donde, tal vez, me encuentre con Alien y su pastor alemán. Sería interesante ver qué tal se llevan nuestros perros. Aunque suene exagerado, volver al bosque de pinos es ir al polo opuesto de mi vida. Nuevamente regresar a un tiempo anterior. Me encantan los poderosos ladridos de *Ulises*. Es un perro con personalidad, con auténtico carisma. Una de las primeras cosas que voy a hacer el lunes es comprar comida para perros. Por la tarde me acercaré al apartamento. Si su marido se ha marchado, Yu irá por allí. Los besos son algo de lo que no se puede prescindir. La boca necesita otra boca, como la cabeza necesita pensamientos y el estómago comida. *Uli* no lo sabe, por eso es feliz. Nunca se desesperará por lo que no tiene. Nunca notará esa falta como yo la noto ahora.

Busco a Alien entre los asiduos al bosque, mientras que *Uli* corretea entre los árboles y es inmensamente feliz. Los perros tienen que correr y nosotros tenemos que besar.

Volvemos a eso de las nueve. Han volado cuatro horas casi sin darme cuenta. Así que intento apretar el paso. Espero que Serafín no se haya dado cuenta de que *Uli* no estaba en la casa porque en sus circunstancias psicológicas le hubiese supuesto una terrible angustia.

Llegamos con la lengua fuera. Abro la puerta despacio. *Uli* entra y se inquieta. Ladra. Enciendo la linterna y unas velas. *Uli* me mira con las orejas alertas. No sé qué quiere decirme. Me voy hacia la trampilla. La abro y le indico a *Uli* que baje. Recorre el laberinto en un periquete, detrás voy yo, ya no me pierdo. Hasta que me topo con la luz centelleante de las velas.

Me quedo asombrado. Le digo a *Uli* que no se mueva de aquí. En un cuarto de tan reducidas dimensiones enseguida se ve lo que hay y lo que no hay. Están los walkman tirados en el suelo, pero no está Serafín, lo que me pone bastante nervioso. Apago las velas aunque tal vez no debería haberlo hecho, pero soy producto de las charlas sobre seguridad que recibí en el colegio y el instituto. La verdad es que cuando uno es capaz de aprender puede aprender cualquier cosa. No sólo a evitar un fuego o buenos modales, sino la crueldad y la mala educación porque nadie nace sabiendo ni una cosa ni otra. Salgo pitando por el laberinto precedido de *Uli*.

No me detengo a revisar las habitaciones por si en alguna estuviese Serafín porque es imposible. Lo llamo una sola vez, sin respuesta.

Huele a tabaco, ¿verdad *Uli*?

No hay humo. Huele a ropa de fumador. Entre el aroma de alta montaña que he conseguido para esta casa, la peste de la que su portador no ha debido de ser en ningún momento consciente. Me llevo a *Uli* conmigo.

Como es natural, mi madre se asusta. Retrocede ante el perro y dice:

¿Qué hace aquí este animal? Quiero que se vaya ahora mismo.

Uli está pisando las revistas de decoración esparcidas por el suelo e intenta coger una con la boca.

¿Te das cuenta de lo que hace? No pienso soportar esto. Tengo que trabajar todos los días. Tengo que encontrar piso. Tengo que casarme. Tengo que preocuparme por mi único hijo. Tengo que procurar no engordar. Tengo que estar alegre. Y además tengo que aguantar al perro del vecino. Un vecino que apenas me ha dirigido el saludo en un montón de años. Un vecino que no nos ha dejado dormir con sus ruidos.

Mamá, se va a quedar aquí ¿entendido? Ve acostumbrándote a él.

Entonces, si el salón está tomado por el perro y tú, me voy a mi cuarto.

No me parece mala idea, digo, y le ayudo a recoger las revistas.

Tienes la cena en la cocina, dice.

Por fin solos, le digo a *Uli*.

Me tiendo en el sofá, me tapo con la manta de cuadros y hago que el perro se tumbe a mi lado.

Ahora vamos a ver una buena peli. ¿Sabes quién es Orson Welles?

¿Qué puedo hacer por Serafín? No puedo hacer nada. No sé qué ha ocurrido y es de noche. Estoy un poco cansado de andar por la vereda y por el bosque y del susto de no encontrarlo en su refugio.

Por las cristaleras se ve el firmamento y el filo azul de toda la oscuridad.

Me quedo dormido en el sofá hasta la mañana siguiente. Y tengo buen cuidado de sacar el perro al jardín antes de que baje mi madre. Cuando lo hace, *Uli* la mira con el hocico pegado al cristal.

¿Aún está el chucho aquí?, dice.

No tiene otro sitio donde ir. Está solo.

¿Y su dueño?

No sé dónde ha ido.

¿Y por qué no eres tan caritativo con tu madre como con el vecino?

¿Qué quieres que haga?

Que vengas a la clínica conmigo. Me preocupa tu futuro.

Bueno, no hay tanta prisa. Aún no te has casado.

¿Vas a esperar a que me case para trabajar?

No me agobies, por favor.

Se marcha dando un portazo. Dentro de una hora vendrá la asistenta y me llamará vago y dirá que el perro o ella. Me gustaría saber si Serafín ha vuelto o si ha habido algún movimiento más en su casa, pero prefiero dormirme hasta que empiecen a oírse las chillonas voces de los niños que se dirigen al colegio. A esas criaturas tendrían que pagarles un sueldo. Son las que más madrugan y más trabajan en la ciudad más perezosa del mundo. Luego está nuestra asistenta, luego las cajeras del Híper y luego la tropa de jardineros que vaga por los parques, siempre con un bocadillo en la mano, y la tropa del polideportivo, gran

consumidora de café en la cafetería. Entre la clínica y el polideportivo, me quedo con el polideportivo. Es a lo que estoy habituado. Sellar los carnés
me parece bien. ¿Por qué no podría pasarme la
vida sellando carnés mientras pienso en el corto y
encontrándome los fines de semana con Yu en el
apartamento? ¿Por qué lo que realmente gusta no es
duradero? ¿Por qué tiende a permanecer lo indiferente, lo que no se desea con el auténtico deseo?

Al anochecer cuando mi madre regresa del
trabajo dispuesta a hacerse la enésima raya como
puede desprenderse de sus altibajos de humor,
cojo el coche y me acerco al apartamento. Voy con
la esperanza de ver a Yu. Es una esperanza tan grande que agranda el firmamento, que agranda la
oscuridad y la profundidad. Las luces del fondo
saltan hacia mí, unas tras otras. Iluminan el camino, la calle en la que siempre aparco y el portal
que me introduce al laberinto de puertas que conduce a la 121. Temo que se haya volatilizado o que
al abrir la puerta me encuentre con una familia
que vive allí dentro o que la llave no funcione.

Una vez más nada de esto ocurre. El apartamento está vacío, frío, fuera de este mundo, en
algún lugar del universo al que sólo Yu y yo sabemos llegar, pero no eternamente, sólo mientras al
abrir los ojos continuemos viendo trazarse con claridad el camino y este final de ese camino. El olor
amargamente dulce de su cuerpo es señal de que
ha estado aquí. Ha estado en el baño. Ha pasado
al dormitorio y se ha tumbado en la cama unos instantes. Luego se ha sentado en el sofá bastante rato.

Justo enfrente, apoyado en una estantería, hay un sobre. Un sobre amargamente blanco.

No es necesario abrirlo para saber lo que dice. Dice que tiene que regresar a Taiwán con su marido, a su hermosa vida. Dice que puedo escribirle y que puedo ir a visitarla, que seré su huésped más importante. Dice que me quiere. Me pide perdón.

Me lo meto en el bolsillo por si en algún momento me siento capaz de leerlo. Recorro el piso despacio. Abro los armarios para ver por última vez los trajes y los zapatos de Eduardo. En la cocina todo está en orden. Extiendo las toallas en el toallero. Si se piensa bien no es tan trágico. He perdido de vista a Eduardo como se pierde de vista a alguien que desaparece a lo lejos aunque no hayamos cesado de mirar. En una curva o tras un repecho, la gente desaparece.

Ulises está agotado de las correrías de ayer domingo. Le abro la puerta del jardín y me saluda meneando el rabo, pero sin saltar ni correr. Cruza el salón con paso cansado y le huele las zapatillas a mi madre. Es un anciano.

Mi madre me mira con los ojos muy abiertos.

Quiere que la semana que viene empieces a ir por la clínica. Dice que si se te da bien, te costeará la carrera de odontólogo para que te ocupes del negocio cuando él se jubile. No está mal ¿no crees? Quiere que nos casemos dentro de un mes. Dice que es ridículo que esperemos más tiempo.

Uli, ¿estás hecho polvo, verdad?, digo.

Deberías hacerle una caseta en el jardín, dice mi madre tristemente.

Todo se va a solucionar, le digo. El mundo está lleno de problemas, pero también de soluciones. Me han ofrecido un trabajo en el polideportivo.

Otro trabajo de ésos, dice.

Deseo con todas mis fuerzas que mi madre vuelva a sus clases de gimnasia y a no dar ni golpe. Y deseo ver a Yu. Y deseo ser un genio del cine. La clave que Serafín me hizo memorizar es lo único que tiene valor en mi cabeza, o sea, es lo único que existe nada más que en mi cabeza. Y deseo que también exista fuera de ella. Pongo gran energía en este pensamiento para que se haga real y sólido como una piedra.

Voy a sacar un rato al perro, le digo a mi madre.

El ambiente de la casa de Serafín aún conserva el olor a ropa de fumador de negro. No parece que haya entrado nadie más. *Ulises* me mira con la lengua fuera. Levanto la trampilla, baja *Ulises* y luego yo. En el cuarto todo está como lo dejamos. Recojo los walkman y me los meto en el bolsillo.

Vas a estar sin mí un par de días, *Uli* ¿podrás resistirlo? ¿Sabes que el dinero está en todas partes? Hay más dinero que hojas en los árboles. No brilla, ni siquiera se ve, por eso no lo llamamos tesoro.

De no estar enganchada a su nueva adicción, mi madre me hubiese acompañado al aeropuerto. Pero en la ciudad más ociosa del mundo la última moda fue Internet. Ordenadores detrás de las ventanas. Todo el mundo enfrascado en la búsqueda de Dios sabe qué en estos hogares perdidos entre las estrellas del horizonte. En cuanto dejó de trabajar en la clínica y pudo liberarse del doctor Ibarra, empezó a interesarle comunicarse con desconocidos a larga distancia.

Muy temprano por la mañana, con la bata sobre el camisón, recorre las espléndidas salas de nuestra casa con vistas al Retiro, y se sienta ante el ordenador. La asistenta le coloca al lado una bandeja con el desayuno preparado por ella misma, en el que no faltan el zumo recién exprimido ni los huevos escalfados ni las tostadas humeantes y olorosas, y de vez en cuando comenta: «La pobre se está dejando la vista ahí». Para mí siempre será la asistenta aunque ahora en realidad sea el ama de llaves o supervisora del resto del servicio. Ya no tiene que compartirnos con ninguna otra casa ni tiene que limpiar directamente, sólo cuidar de que todo esté hecho como si lo hiciera ella misma.

No comprendo, ni jamás comprenderé cómo alguien sin oficio ni beneficio como tú es millonario, le gusta decirme a modo de saludo de bienvenida o de despedida.

Antes de marcharnos de la urbanización, le regalé un telescopio a Alien y fui a despedirme de los Veterinarios. Les dije que no sufrieran más porque Eduardo estaba donde quería estar. Les dije que había tardado en comprender que antes de marcharse había venido a despedirse de mí y que me había hecho un gran regalo que entonces no supe interpretar como regalo.

Creo que también se despidió de ustedes, dije.

Puede que tengas razón, dijo el Veterinario mirando al suelo.

¿Crees que será feliz?, preguntó Marina dispuesta a creerse cualquier cosa.

Estoy completamente seguro. Lo que tiene lo ha elegido él.

¿Puedo preguntarte qué fue lo que te regaló?, dijo el Veterinario.

El amor, dije yo.

Tania va a tener un hijo, dijo Marina. Tal vez ahora vayamos a pasar alguna que otra temporada a México con nuestro nieto. Otras veces vendrán ellos. La vida se impone, la vida arrastra.

Pasé por el gran cartel de venta de nuestro chalet, por el Gym-Jazz, por el Zoco Minerva, por la guardería, el colegio y el instituto, por el polideportivo. Me acerqué al lago, donde unos excursionistas habían encontrado el cadáver de Serafín Delgado horriblemente mutilado, y arrojé unas flores en su memoria, que se fueron dispersando y cubriendo el agua verde de intensos rojos, blancos, rosas, amarillos, naranjas, violetas. Era primavera, y las aves se inclinaban a beber sobre aquel jardín flotante y luego remontaban el vuelo hasta perderse en el cielo. Desde el cerro contemplé los brillantes techos de pizarra descendiendo hasta el valle de los adosados blancos y de los dúplex marrones. Los autobuses iban y venían desde más allá del infinito atravesando la línea de la neblina de calor y también de la fría oscuridad. Ya jamás regresaría a este mismo lugar en este momento. Que a ambos nos conserve la Gran Memoria.

Un día antes de la partida en busca de Yu, me llamó mi padre por teléfono para decirme que quería hablar conmigo, que quería pedirme algo así como mi consentimiento para casarse con la chica morena que yo un día había visto de refilón. Le dije que era imposible porque me marchaba de viaje y que le deseaba que fuese muy feliz.

¿Se puede saber adónde vas con tanta prisa?

A China. Adiós.

Últimas noticias del paraíso se terminó de imprimir
en mayo de 2000, en Encuadernación Ofgloma, S.A.
Calle Rosa Blanca No. 12, Col. Ampliación Santiago
Acahualtepec, C. P. 09600, México, D.F.